늘 꿈을 향해 나아가는

참 소중한

_____ 님께

드립니다.

명언의 힘

명언의 힘

초판 1쇄 인쇄 | 2014년 12월 10일
초판 1쇄 발행 | 2014년 12월 12일

엮은이 | 이탄
펴낸이 | 김형호
펴낸곳 | 아름다운날
출판 등록 | 1999년 11월 22일
주소 | (121-837) 서울시 마포구 서교동 351-10 동보빌딩 103호
전화 | 02) 3142-8420
팩스 | 02) 3143-4154
E-메일 | arumbook@hanmail.net
ISBN 978-89-93876-75-8 (03810)

「이 도서의 국립중앙도서관 출판예정도서목록(CIP)은 서지정보유통지원시스템 홈페이지(http://
seoji.nl.go.kr)와 국가자료공동목록시스템(http://www.nl.go.kr/kolisnet)에서 이용하실 수 있습니
다.(CIP제어번호: CIP2014034152)」

한줄의 메시지가
인생을 움직인다

명언의 힘

이탄 엮음

아름다운날

차례

제1장 **내 마음을 움직이게 하는 말** · 7

001 오늘은 새로운 시작 | 002 하루의 즐거움 | 003 인물의 크기 | 004 성공으로 향한 길 | 005 기회 | 006 꿈의 힘 | 007 인격 | 008 진정한 변화 | 009 받아들이는 용기 | 010 인생의 법칙 | 011 벗어나지 못할 시련은 없다 | 012 유연하라 | 013 성공의 시초 | 014 바른 마음 | 015 부드러움의 힘 | 016 솔선수범 | 017 최선의 방법 | 018 마음에서 난다 | 019 결점 | 020 정상의 높이 | 021 배움의 이유 | 022 단 한 걸음의 차이 | 023 위대한 인물 | 024 마음속에 숨겨진 것 | 025 기억 | 026 넓이와 깊이 | 027 기쁨은 오래 머물지 않는다 | 028 단련 | 029 불가능은 없다 | 030 장점의 가치 | 031 가치 있는 삶 | 032 의지력 | 033 오만 | 034 지혜의 징표 | 035 여유 | 036 내가 치는 그물 | 037 예술 | 038 하루 | 039 뚜렷한 소신 | 040 줏대 | 041 배려가 담긴 질책 | 042 깨진 유리창의 법칙 | 043 두 개의 시간 | 044 시도하는 삶 | 045 세 가지 비밀 | 046 양면성 | 047 노동 | 048 빌 게이츠 어록 | 049 우정 | 050 용모가 추천서다 | 051 중단 없는 노력

제2장 **나를 위로해주는 말** · 61

052 일의 순서 | 053 아름다움을 만드는 것 | 054 날마다 좋은 날 | 055 위기가 주는 기회 | 056 안식처 | 057 전진하는 삶 | 058 기성품 행복 | 059 기적의 순간 | 060 챔피언 | 061 뇌의 습관 | 062 알 수 없는 것 | 063 바다와 뱃사람 | 064 유혹 | 065 화가 나를 덮을 때 | 066 성공의 시작 | 067 일상이 기적 | 068 모순 뒤의 질서 | 069 더불어 사는 삶 | 070 생명 | 071 질투 | 072 슬픔 | 073 타인 | 074 재능이 꽃필 때 | 075 잠재력 | 076 오해받는 것 | 077 상상력 | 078 적정한 거리 | 079 성공할 때까지 나아가라 | 080 독서 | 081 칭찬과 아첨 | 082 말 | 083 창조의 근원 | 084 재미가 주는 성공 | 085 절망이 끝이 아닌 이유 | 086 위대한 교사 | 087 태도의 문제 | 088 말의 힘 | 089 열정 | 090 쾌락과 고뇌 | 091 유익한 벗, 해로운 벗 | 092 용모는 정직하다 | 093 열정은 진심의 웅변 | 094 자기애 | 095 성숙의 징표 | 096 두려움 | 097 게으름 | 098 꿈의 위력

제3장 | **내 생각을 변화시키는 말** · 111

099 말의 방향 | 100 일하는 행복 | 101 의지력으로 무장하라 | 102 얼굴이 말해준다 | 103 책의 힘 | 104 승자의 언어 | 105 생각대로 된다 | 106 틀을 깨라 | 107 현재에 살아라 | 108 뛰어난 인물 | 109 이상한 자랑 | 110 지금 슬프다면 | 111 경험의 한계 | 112 비난을 하기 전에 | 113 몰입의 즐거움 | 114 모래알의 위력 | 115 지금까지와 다르게 | 116 선행의 뜻 | 117 무시해도 되는 것 | 118 말에는 기가 있다 | 119 웃음이 보약 | 120 미련함 | 121 친구가 있습니까? | 122 내부의 빛 | 123 무엇을 품고 있는가 | 124 불행이란 스승 | 125 현명한 모방 | 126 비교 | 127 가진 것을 헤아려 보라 | 128 똑바로 서라 | 129 천재들의 습관 | 130 관점의 차이 | 131 당신을 찾게 하라 | 132 고정관념 | 133 마술 | 134 오늘 일은 오늘에 | 135 겸손은 강하다 | 136 심중의 도적 | 137 발은 땅에, 꿈은 크게 | 138 입과 혀 | 139 삶의 주인 | 140 불가능이란 | 141 상처 주지 않는 손길 | 142 발밑의 행복 | 143 행복한 달리기 | 144 웃음과 미소 | 145 운이 찾아올 때 | 146 능숙해지는 법 | 147 피그말리온 효과 | 148 놓아버림 | 149 세상을 보는 방식 | 150 스스로 만드는 덫 | 151 가난이 강도처럼 | 152 새로운 일 | 153 가장 조심해야 할 것 | 154 나쁜 운, 좋은 운 | 155 마음을 좀먹는 것 | 156 아이디어를 잡아라

제4장 | **나에게 용기를 주는 말** · 171

157 성공의 척도 | 158 칭찬이 의욕을 부른다 | 159 관용과 인내 | 160 기회를 잡는 자 | 161 때를 분별하라 | 162 찾는 자가 얻는다 | 163 문제를 보는 관점 | 164 첫 고비 | 165 기회의 모습 | 166 자신을 위한 시간 | 167 할 수 있다고 하라 | 168 편견 | 169 공이 오면 슈팅하라! | 170 꽃피는 시기 | 171 창조하는 기쁨 | 172 작은 일을 훌륭하게 | 173 산을 정복하려면 | 174 의심과 확신 | 175 가장 중요한 요소 | 176 칭기즈 칸의 조건 | 177 진정한 도전 | 178 하려면 제대로 하라 | 179 잡일은 없다 | 180 진정한 노력 | 181 독창적인 아이디어란? | 182 세 가지 비결 | 183 단순한 정리법 | 184 결점을 매력으로 | 185 아인슈타인의 성공 공식 | 186 아이들은 어른의 거울 | 187 제일이 되어라 | 188 온 마음을 다하라 | 189 박식한 사람, 현명한 사람 | 190 포기도 용감한 결단이다 | 191 교육이 하는 일 | 192 시간이란 무엇인가 | 193 최종 평가 | 194 가장 후회하는 것 | 195 고민은 언제 생기나 | 196 자기연민에서 벗어나라 | 197 지금 이 순간 | 198 무엇이 변했는지 보라 | 199 행복의 원칙 | 200 일을 지배하라 | 201 자존감 | 202 쾌락을 즐기는 법 | 203 꾸준하라

제5장 | **행복한 부자가 되게 해주는 말 · 221**

204 돈에 예속되지 말라 | 205 부의 근원 | 206 돈의 이중적인 속성 | 207 채울 수 없는 결핍 | 208 악의 근원 | 209 돈은 따라오는 것 | 210 가장 충성스러운 친구 | 211 마음이 있는 곳 | 212 동전의 빛깔 | 213 재물은 목적이 아니다 | 214 돈이 일한다 | 215 돈의 이빨 | 216 금화를 줍는 사람 | 217 투자의 원칙 | 218 주는 것이 삶이 된다 | 219 옷이 날개 | 220 금전의 두 얼굴 | 221 돈으로 살 수 없는 것들 | 222 소탐대실 | 223 탐욕은 채울 수 없다 | 224 돈은 현악기다 | 225 장사는 사람을 남기는 것 | 226 돈과 벗 | 227 가난이 무서운 이유 | 228 부자들의 장수 | 229 행복한 성장 | 230 뿌리는 자, 거두는 자 | 231 왜 가난한가 | 232 지갑을 관리하는 법 | 233 지나침은 모자람만 못하다 | 234 존경받는 부자 | 235 현명한 소비 | 236 절약과 희망은 연인

제 1 장

내 마음을
움직이게 하는 말

타인을 지배하려고 하는 자는
먼저 자기 자신의 주인이 되어야 한다.

메신저(「상상하는 책」의 저자)

어제는 어젯밤에 끝났다. 오늘은 새로운 시작이다.
과거를 잊는 기술을 배워라. 그리고 앞으로 나아가라.

노먼 V. 필(미국의 성직자)

우리는 마음이라는 것을 우리 자신과 동일시합니다. 그 때문에 끊임없이 무언가를 생각하지 않으면 도리어 불안해 하고, 결국은 그칠 줄 모르는 생각의 행렬이 소음이 되어 내면의 고요를 깨뜨리고 맙니다. 비교하고 불평하고 좋아하고 싫어하는 갖가지 생각들을 '나'라고 착각하기 때문에 거짓된 자아가 만들어지고, 두려움과 불안, 그리고 고통의 그림자가 드리워지는 것입니다. 어제의 생각에서 벗어나십시오. 오늘은 새로 시작되었습니다.

과거는 생각하기 위해, 현재는 일하기 위해,
미래는 즐거움을 위해 존재한다.

디즈레일리(영국의 정치가, 소설가)

늘 즐겁게 일하고 싶으면 다음을 실천하세요.

1. 누구에게나 늘 웃으며 인사하세요.
2. 통화할 때는 항상 친절함을 잊지 마세요.
3. 일터에서 칭찬을 들으면 언제나 고맙다고 답례하세요.
4. 타인의 시선이나 평가에 얽매이지 마세요.
5. 일을 즐겁게 하는 동료와 어울리세요.

그리고 매일 아침 이렇게 외치는 걸 잊지 마세요.

"나는 하루가 즐거울 것이고, 내게 좋은 일만 일어날 것이다."

지금 보잘것없는 지위에 있다고
속상해 하지 말고 내가 어떤 지위를 감당할 만한
능력이나 재능을 갖추고 있는지부터 돌아보라.

논어

사람의 그릇 크기는 이해관계가 있을 때의 처신으로는 판단하기가 어렵습니다. 거래가 끝났다고 생각할 때, 그래서 더 이상 볼 일이 없다고 생각될 때 처신하는 모습을 보면 그 사람의 그릇 크기를 알 수 있습니다.

그 무엇도 직선으로 움직이지는 않는다.
따라서 어떤 목표도 좌절과 방해를 겪지 않고
이루어지는 법은 없다.

앤드류 매튜스(호주의 작가)

　　프랑스 최초의 이민자 출신 대통령인 니콜라 사르코지는 어린 시절 경제적 어려움과 작은 키 등으로 열등감에 시달렸지만, 이 열등감은 성공에 대한 열망으로 불타올라 인생의 강력한 동력이 되었습니다. '현재의 내 모습은 어린 시절 겪은 수치심의 총체'라고 말할 정도입니다. 프랑스 정치 엘리트 대부분이 프랑스 국립행정학교 ENA 출신이지만 그는 파리 10대학을 졸업한 후 정치에 발을 들여놓았습니다. 그후 포스터 붙이기, 전단지 돌리기 등 밑바닥부터 출발하여 노력 끝에 엘리제궁으로 입성하여 프랑스 대통령이 된 최초의 이방인입니다.

발견의 기회는 준비된 사람에게만 온다.

루이 파스퇴르(프랑스의 미생물학자)

마이크로 소프트에서 만들었다고 알려진 프로그램들이 사실은 빌게이츠가 만든 게 아니라 다른 회사에서 기본적인 틀이 다 만들어진 것을 구입하여 손을 본 것이라고 합니다. 첨단 분야인 컴퓨터 사업으로 세계적인 거부가 된 빌 게이츠는 아이디어나 프로그래밍 기술이 뛰어나다기보다는 돈이 될 만한 남의 아이디어의 가치를 알아보는 놀라운 눈썰미를 갖고 있었던 것입니다.

나는 아름다운 꿈도 꾸었고 악몽도 꾸었으나
아름다운 꿈 덕분에 악몽을 이겨낼 수 있었다.

조너스 솔크(미국의 의학자)

샌더스는 요리를 만드는 즐거움을 비전으로 승화시킨 인물입니다. KFC의 살아 있는 아이콘으로 남게 된 샌더스는 특유의 쇼맨십과 강한 의지력으로 튀김닭 체인점 모집에 성공하였습니다. 이때 그는 이미 60이 훨씬 넘은 나이였습니다. 그는 나이가 성공을 가로막는 장벽이 아니라는 걸 현실적으로 보여준 사람입니다.

천재성은 감탄을 불러일으키지만
인격은 존경을 불러일으킨다.

정진홍(한국의 종교학자, 저술가)

　천재는 찬사의 대상이지만 인격자는 신봉의 대상입니다. 천재
성도 인격의 동력으로 추동되지 않으면 오히려 삶의 걸림돌이 될
수 있습니다. 인격이야말로 우리 인간의 가장 고결한 재산이라고
할 수 있지요. 따라서 최고의 인생을 위해서는 내면의 양심에 귀
를 기울이고 인격을 수양하는 데 전력해야 합니다.

진정한 변화

내면의 태도를 바꿈으로써
삶의 외면도 바꿀 수 있다.

윌리엄 제임스(미국의 심리학자, 철학자)

　'인생은 의미 있다, 나는 훌륭한 사람이다, 내 삶은 가치 있다, 나는 행복하다, 나는 나의 행복을 창조한다.' 이처럼 수많은 최면과 암시에 동기 부여가 필요한 이유는 무엇일까요? 대부분의 사람들이 '나는 행복해야 한다. 그러나 지금 그렇지 못하다. 그러므로 행복하기 위해 더 열심히 노력해야 한다'는 강박관념에 쫓기며 살아가고 있기 때문입니다. 진정한 행복은 행복한 삶의 조건을 만드는 것이 아니라 행복해야 한다는 강박관념으로부터 자유로워지는 것, 행복의 조건 자체로부터 자유로워지는 것입니다.

어떠한 결과라도 기꺼이 받아들일 용의가 있는 한
이 세상에 못할 일은 없다.

서머싯 몸(영국의 소설가)

용기도 경험을 필요로 합니다. 한 번 용기를 낸 일이 성과를 거두었을 때 긍정적으로 변화한 경험을 갖게 되면, 다시 새로운 일에 도전할 용기가 생깁니다. 수많은 사람들과의 만남에서 얻어지는 질책과 칭찬 속에 우리의 내면은 더욱 강하게 단련되는 것입니다.

인생은 진정 부메랑과 같다.
당신이 준 만큼 받는다.

데일 카네기(미국의 컨설턴트)

　　인생은 당신이 노력한 만큼 그 대가를 되돌려줍니다. 꿈을 이
루기 위해 지금 뭔가를 하지 않으면 내일의 꿈이란 그저 신기루일
뿐, 꿈은 꿈으로 끝나게 됩니다.

벗어나지 못할 시련은 없다

햇살이 뚫고 나오지 못할 만큼
두터운 구름은 없다.

금언

하느님은 누구에게나 견딜 수 있을 만큼의 시련을 준다고 했습니다. 당신 앞에 놓인 시련도 냉정한 눈으로 보면 충분히 뛰어넘을 수 있는 성격의 것입니다. 계속되는 시련이란 없습니다. 그리고 벗어날 수 없는 시련도 없습니다. 당신도 이미 그 사실을 알고 있을 것입니다. 짙은 어둠 저편에는 강렬한 태양이 숨어 있다는 사실을!

유연하라

세상엔 언제나 고통이 있지만 일단 견뎌내기만 하면
모든 것이 경이로움으로 가득 차게 된다.

볼테르(프랑스의 철학자, 작가)

　생존이란 관점에서 볼 때 인류의 역사는 정복이 아니라 적응
의 역사였습니다. 그러기에 진화론을 창시한 찰스 다윈도 살아남
는 자는 강한 종이 아니라 적응하는 종이라고 하였습니다. 미래
는 희망을 가지고 개척해야 할 새로운 영역이기도 하지만, 변화에
적응할 유연성 또한 갖추어야 대비할 수 있습니다.

위대한 성공의 시초는
비전이라는 초석으로 이루어져 있다.

금언

앤터니 로빈스는 "비전이야말로 우리들이 앞으로 나아가도록
해주는 힘이다."라고 말했습니다. 비전을 지향하지 않는 단순한
상상은 당신을 그 자리에 머무르게 할 뿐 앞으로 나아가게 하는
힘이 없습니다.

바른 마음

나를 세우는 데는 몇십 년이 걸리나
그것을 잿더미로 만드는 데는 하루면 된다.

금언

오늘날의 당신이 있기까지 지금껏 얼마나 많은 노력을 했습니까! 하지만 그런 노력의 결과도 잠시의 비뚤어진 생각이나 안이한 마음 때문에 한순간에 물거품이 될 수 있습니다. 언제나 양심이란 거울에 비추어 부끄러움이 없는 삶을 살도록 하십시오. 그리고 이웃을 사랑하십시오.

진정 강한 인간이 되고 싶다면 물과 같아야 한다.

노자(고대 중국의 철학자)

마음 상태가 물 흐르듯 자유스러운 상태에서만이 긍정적인 에너지가 넘쳐 창조적인 생각이 솟아납니다. 뭔가 걱정거리가 있으면 마음속에 담아두지 말고 주변 사람들과 의견을 교류하십시오. 그리고 되도록 마음을 부드럽게 하십시오. 노자는 왜 물처럼 부드러워야 하는지에 대해 이렇게 설명하고 있습니다. "강하고 큰 것은 아래에 머물고, 부드럽고 약한 것은 위에 있게 되는 것이 자연의 법칙이다. 천하의 지극히 부드러운 것이 천하의 강한 것을 지배한다."

행복은 향수와 같다.
내 몸에 몇 방울 뿌리지 않고서는
다른 이들을 뒤덮을 수가 없다.

에머슨(미국의 시인, 수필가)

　내가 행복한 사람이 되어야 주변 사람들도 행복해집니다. 윤리도 마찬가지입니다. "윤리는 경영진부터 시작되어야 한다. 윤리란 리더십의 가장 중요한 부분이며, 최고 경영자는 그것의 모범을 보여야 한다." 전 얼라이드 시그널의 회장인 헤네시 2세가 한 말입니다. 대부분의 사람들은 자신은 윤리 밖에 있으면서 타인은 윤리의 테두리 안에 있기를 원합니다. 다른 사람들이 윤리적으로 행동하기를 바란다면 당신 몸에 윤리의 향수를 늘 뿌리고 다녀야 합니다.

빠져나가는 최상의 방법은
뚫고나가는 것이다.

로버트 프로스트(미국의 시인)

어떤 문제에 부딪혔을 때 무조건 피하려 하거나 위축되지 말고 정면으로 돌파할 수 있는지 똑바로 바라보아야 합니다. 본질은 작은데 허상의 크기에 눌려 뚫고나가지 못할 때가 많기 때문입니다.

마음에서 난다

사람은 마음먹기에 따라
행복하기도 하고 불행하기도 하다.

몽테뉴(프랑스의 사상가)

　　우리가 자주 착각하는 것 중의 하나가 행복의 조건과 행복입니다. 좋은 직장, 미모 등은 행복의 조건이지 행복은 아닙니다. 일반적으로 사람들이 행복하다고 말하는 상태는 즐겁거나 평화로운 기분이 들 때입니다. 행복할 조건이 갖추어졌다고 행복을 느끼는 것은 아닙니다. 행복은 조건이 아니라 마음으로 느끼는 것입니다.

만일 우리 자신에게
결점이 없다면 다른 사람의 결점에도
그다지 흥미를 느끼지 못할 것이다.

라 로슈푸코(프랑스의 작가)

사람들이 타인의 결점에 촉각을 곤두세우는 것은 상대가 자신과 비슷한 문제를 안고 있을 때입니다. 타인의 결점이 눈에 거슬린다면 자신을 먼저 돌아보십시오. 스스로에 대해 긍정적인 생각을 갖는다면 타인에게도 쉽게 마음의 문을 열 수 있을 것입니다.

정상의 높이

정상에 오르기 전에는 산의 높이를 재지 말라.
정상에 오르면 그 산이 얼마나 낮은지 알게 될 것이다.

다그 함마르셸드(UN 2대 사무총장)

　누구나 살다보면 이런저런 장애물과 맞닥뜨리게 됩니다. 목적을 향해 고군분투하다 보면 자신이 가야 할 길이 아득하게 보일 때도 있을 것입니다. 하지만 자신이 목적한 지점에 다다르고 보면 지나 온 삶이 그다지 힘든 게 아니었다는 걸 알게 될 것입니다.

역사는 인간을 현명하게 하고,
시는 인간을 재치 있게 만들고,
수학은 인간을 치밀하게 만든다.

프랜시스 베이컨(영국의 철학자, 정치가)

　프랑스의 극작가 샹포르는 교육에는 반드시 도덕과 지혜가 뒤따라야 한다며 다음과 같은 말을 남겼습니다. "교육은 도덕과 지혜의 두 기반 위에 서 있지 않으면 안된다. 도덕은 미덕을 받들기 위해서이고 지혜는 남의 악덕에서 자기를 지키기 위해서이다. 도덕에만 중점을 두면 성인군자나 순교자밖에 나오지 않는다. 지혜에만 중점을 두면 타산적인 이기주의만 나오게 된다. 어느 한쪽으로 치우치지 않고 도덕과 지혜의 두 기반 위에 교육이 서 있어야 좋은 열매를 거둘 수 있다."

단 한 걸음의 차이

승리에서 패배에 이르는 길은
단 한 걸음에 지나지 않는다.
아주 사소한 일이 중요한 결정을 짓는 것이다.

금언

계속해서 변덕만 부리고, 계획했던 일을 내일로 미루며 행동으로 옮기지 못하는 사람은 결국 인생의 낙오자가 됩니다. 이런 사람들은 우연히 접하게 된 일을 직업으로 선택하고, 공격적으로 자신을 선택한 사람과 결혼하고, 평생 동안 그 결과들을 한탄하며 지내기 일쑤입니다.

위대한 인물에게는 목표가 있고,
평범한 사람에게는 소망이 있을 뿐이다.

워싱턴 어빙(미국의 소설가)

50년 이상 성공에 대해 연구한 로이드 코넌트는 "성공이란 목표이며 나머지는 주석이다"라고 말했습니다. 한 조사에 의하면 전 국민의 3% 정도가 서면으로 된 명확한 목표와 달성 방안을 가지고 있으며, 이 3%의 사람들이 그렇지 못한 사람들보다 평균 10배 이상의 소득을 올렸다고 합니다. 자신이 원하는 목표를 분명하게 세워 그것을 위해 노력하는 사람만이 확실하게 성공할 수 있습니다.

마음속에 숨겨진 것

어떤 것을 가졌다고 믿으면 갖게 된다.

라틴 속담

　　인도 신화에는 인간들이 신들의 능력을 훔쳐가지 못하게 하기 위해 신들이 묘수를 짜내어 아무도 찾지 못할 곳에 신들의 능력을 숨겨놓았는데, 그곳이 바로 인간의 마음속이라는 이야기가 있습니다. 마음의 힘, 믿음의 힘이 그만큼 크다는 뜻입니다.

기억은 일종의 약국이나 화학실험실과 유사하여
아무렇게나 내민 손에 어떤 때는 진정제가,
어떤 때는 위험한 독약이 잡히기도 한다.

마르셀 프루스트(프랑스의 소설가)

대부분의 사람들은 섭섭했던 일은 좀처럼 잊지 못하지만 고마
웠던 일은 쉽게 잊어버립니다. 타인에게 도움을 받았거나 은혜를
입은 일은 오래 기억하고, 타인에 대한 원망은 빨리 잊어버린다면
삶이 훨씬 풍요로워질 것입니다.

넓이와 깊이

나는 깊게 파기 위해 넓게 파기 시작했다.

스피노자(네덜란드의 철학자)

　깊게 들어가기 위해서는 파기 시작할 때 넓게 파야만 합니다. 좁게 파서는 깊이 들어갈 수가 없습니다. 물리적으로 생각해보면 아주 간단한 이치입니다. 그러나 이 간단한 이치를 무시하거나 잊는 경우가 많습니다. 깊이 파기 위해 당신은 얼마나 넓게 준비하고 있습니까.

**기쁨은 잠시도 머물지 않고
날개를 펼쳐 날아가버린다.**

마르티알리스(로마의 시인)

1년 365일 중 폭죽이 터지는 날은 대여섯 번에 불과하듯 우리 삶의 기쁨 역시 지속적인 것은 아닙니다. 기쁨에 대해 앙드레 모루아는 이렇게 정의를 내렸습니다. "조급히 굴지 말아라. 행운이나 명성은 일순간에 생겼다가 사라진다. 그대 앞에 놓인 장애물을 달게 받아들여라. 싸워 이겨내는 데서 기쁨을 느껴라."

우리가 인간이 되려면
다른 사람들이 필요하다.

데이몬드 투투(남아공의 주교)

    가끔씩 주변 사람들 탓에 삶이 힘들어지고 자신의 인성이 나빠진다는 생각을 할 때가 있습니다. 그러나 바로 그런 사람들이 나를 위해 필요한 사람들입니다. 그들이 없으면 인내, 배려, 이해 같은 좋은 인성을 기를 수 없기 때문입니다.

이긴다고 생각하면 이긴다.
승리는 자신감을 가진 사람의 편이다.

가토 마사오(일본의 바둑 기사)

　불가능에 도전한 전략가인 나폴레옹은 이렇게 말했습니다. "승리는 노력과 사랑에 의해서만 얻어지며, 결과물은 가장 끈기 있게 노력하는 사람에게 돌아간다. 어떤 고난에 처하더라도 불굴의 정신으로 노력한다면 불가능은 없다. 이것이야말로 진정한 인간 승리의 길이다."

당신의 장점을 당신의 도움 없이
발견했을 때 훨씬 더 인상깊어진다.

주디스 마틴(미국의 언론인)

　　스스로를 드러내고 인정받기 위해 눈에 띄게 노력하는 사람들이 많이 있습니다. 그러나 그 사람의 진정한 능력과 장점은 자신도 모르는 사이에 우러나올 때만 진정한 가치를 발휘하고 제대로 인정받을 수 있습니다.

인생은 짧다.
그러나 비열하게 지내기에는 너무 길다.

셰익스피어(영국의 극작가)

이 명언을 읽는 독자는 저도 모르게 피식 웃음이 나올 것입니다. 인생을 비열하게 지내기엔 너무 길다니 말입니다. 인간의 수명은 많이 길어졌습니다. 아이아코카는 "가치 있는 모든 것에는 위험이 따른다"고 했습니다. 비열하게 지내느니 조금 위험하더라도 가치 있는 삶을 사는 것이 낫지 않을까요. 실패하더라도 다시 일어설 수 있는 시간은 셰익스피어 시대보다 충분합니다.

타인을 지배하려고 하는 자는
먼저 자기 자신의 주인이 되어야 한다.

메신저(『상상하는 책』의 저자)

에머슨은 인간의 의지력에 대해 이런 말을 남겼습니다. "인간이 인간다워질 수 있는 힘은 재능이나 이해력에 있는 것이 아니라 의지력이다. 제아무리 재능과 이해력이 뛰어나도 실천력이 없다면 아무런 결과물을 거둘 수 없기 때문이다. 인간의 의지력이 그 운명을 결정한다."

인간에게는 불행이나 빈곤, 질병조차도
필요한 것이다. 이런 것들이 없다면 인간은 금세
오만에 빠질 것이 분명하기 때문에.

투르게네프(러시아의 작가)

끝없는 희로애락의 폭풍우로 우리를 잠시도 쉬지 못하게 하
는 인생이란 과연 무엇일까요? 상 파울은 인생에 대해 이렇게 정
의를 내렸습니다. "인생은 한 권의 책과 같다. 어리석은 이는 책장
을 마구 넘겨버리지만 현명한 사람은 열심히 읽는다. 단 한 번밖
에 그 책을 읽지 못한다는 것을 잘 알고 있기 때문이다."

가장 명백한 지혜의 징표는
항상 유쾌하게 지내는 것이다.

몽테뉴(프랑스의 사상가)

왜 인간이 유쾌하게 지내야 하는지에 대해 카네기는 이렇게 말했습니다. "불쾌한 것은 그대가 불쾌한 기분 속으로 들어가기 때문에 그런 것이다. 먼저 유쾌하게 생각하고 행동하라. 그러면 유쾌한 기분이 절로 솟아날 것이다. 이것이 평화와 행복을 가져오는 비밀이다." 우리는 눈에 보이는 성공을 쫓는 데 급급해 살아있다는 것 자체가 주는 기쁨을 종종 잊는다는 걸 알아야 합니다. '살아있음' 자체가 기쁨입니다.

한가함이란 아무것도 할 일이 없다는 게 아니라
무엇이든지 할 수 있는 여유가 생겼다는 뜻이다.

플로이드 델(미국의 문학평론가)

버나드 쇼는 여가 생활에 대해 이렇게 말했습니다. "여가란 비록 상류층에서 자신들의 게으름에 붙이는 핑계이기는 하지만 이는 우리의 생활에 없어서는 안될 필수불가결한 것이다. 이 세상에서 이루어진 가장 가치 있는 일들은 한가할 때 이루어졌으며, 결코 현금으로 대가가 치러진 적은 없다. 여가란 자유로운 활동을 의미하며, 노동은 의무적인 활동이라고 설명될 수 있다. 또한 여가란 좋아하는 뭔가를 하는 것인 반면에 노동은 마땅히 해야 하는 강제적인 활동이다."

내가 치는 그물

우리의 생각과 말과 행동이
우리를 휘감는 그물을 만든다.

스와미 비베카난다(인도의 명상가)

유대인의 율법서 『탈무드』는 "가장 현명한 사람은 모든 사람으로부터 배울 수 있는 사람이요, 가장 사랑받는 사람은 모든 사람을 칭찬하는 사람이요, 가장 강한 사람은 자신의 감정을 조절할 줄 아는 사람이다"라고 말합니다. 진정 강한 사람이 되고 싶다면 스스로를 잘 조절하여 균형감각을 잃지 않아야 합니다.

예술이 대중성을 위해 노력해서는 안 된다.
대중 스스로 예술적이 되도록 노력해야 한다.

오스카 와일드(아일랜드의 작가)

예술가들을 통해 인생의 비밀들이 밝혀지고 어렴풋했던 것이
분명해지며, 복잡한 것이 단순해집니다. 하지만 예술이 오락에 불
과하고 진리를 보여주는 힘을 갖지 못한다면 그것은 인간에게 수
치만 안겨줄 뿐입니다.

내가 헛되이 보낸 오늘 하루는
어제 죽어간 이들이 그토록 바라던 하루이다.

소포클레스(고대 그리스의 비극 작가)

진정 당신이 인생을 사랑한다면 시간을 낭비하지 마십시오. 시간은 인생을 구성하는 중요한 재료이기 때문입니다. 똑같이 출발했는데 세월이 지난 뒤에 보면 어떤 이는 저만큼 앞서 가고, 어떤 이는 낙오되어 있습니다. 이 두 사람의 거리는 하루하루 자신에게 주어진 시간을 잘 활용하였느냐 그렇지 않았느냐가 결정합니다. 단 하루면 인간적인 모든 것을 멸망시킬 수도, 다시 소생시킬 수도 있습니다.

성공을 거두기 위해서는 타인에게
존경받을 만한 덕과 타인이 두려워할 만한
뚜렷한 소신이 필요하다.

조제프 주베르(프랑스의 작가)

　시간은 원칙을 가지고 올바르게 살아가는 사람들에게 가장
가까운 친구이자 든든한 지원자입니다. 그와는 반대로 위선자들
에게는 가장 큰 적입니다. 시간이 지나면 결국 그 사람이 더 이상
참지 못하여 저지른 잘못이 드러나면서 숨겨진 의도가 밝혀지기
때문입니다. 시간을 내 편으로 만들고 살아가는 사람은 당장은
힘들지만 원하는 결과물을 얻을 수 있습니다. 덕과 소신도 결국
시간이 만들어주고 판단받게 해줍니다.

가장 나쁜 사람이 누군가?
그대가 줏대 없이 이리저리 흔들리도록
꼬드기는 사람이다.

소크라테스(고대 그리스의 철학자)

    소크라테스의 가장 유명한 말은 "너 자신을 알라"입니다. 남의 일을 잘 알고 있는 사람은 똑똑한 사람입니다. 그러나 자기 자신을 잘 알고 있는 사람은 그 이상으로 총명한 사람입니다. 그리고 남을 설복시킬 수 있는 사람은 강한 사람입니다. 그러나 자기 자신을 이겨내는 사람은 그 이상으로 강한 사람입니다.

잘못된 점만 지적하지 말고
해결책을 찾아라.

헨리 포드(미국의 기업가)

　아리스토텔레스는 말했습니다. "누구든지 화를 낼 수 있다. 그것은 아주 흔히 일어나는 일이다. 그러나 올바른 대상에게, 올바른 방법으로, 올바른 시간에, 올바른 목적으로 화내는 것은 아무나 할 수 있는 것이 아니며, 결코 쉬운 일이 아니다." 배려가 담긴 질책이야말로 아리스토텔레스가 말한 적절한 화내기일 수 있습니다.

작은 일이라고 해서 하찮게 넘기지 마라.
그 일이 어디로, 어떻게 이어질지는
아무도 모르기 때문이다.

금언

'깨진 유리창의 법칙'이란 말이 있습니다. 깨진 유리창 하나가
건물은 물론 도시 전체를 무너뜨리고, 고객이 겪은 한 번의 불쾌
한 경험, 한 명의 불친절한 직원, 말뿐인 약속 등 사소한 불찰이나
실수가 결국 기업의 앞날을 뒤흔든다는 뜻입니다. 작은 구멍이 둑
을 무너뜨립니다. 사소한 것일수록 세심하게 즉각적으로 관리하
는 것이 중요합니다.

경영자는 항상 현재와 먼 미래라는
두 개의 시간을 고려하지 않으면 안 된다.

기업 금언

경영자는 현재는 물론 미래의 환경 변화, 특히 과학 기술의 발전이 가져올 변화를 꿰뚫어보는 통찰력을 갖고 있어야 합니다. 그리고 낯선 분야에 대해서도 기초 서적을 틈틈이 읽으면서 사고의 폭을 넓히고 그 분야에서 일하는 사람들의 이야기에 귀를 열어두어야 합니다. 그렇지 않으면 반짝하는 순간의 성공에 만족하고 스러질 수밖에 없습니다.

노래를 부르지 않으면 틀리지도 않는다.
하지만 그것은 얼마나 어리석은가!

올리버 골드스미스(영국의 시인)

에릭 호퍼는 일생을 떠돌이 생활을 하며 얻어진 경험과 독서
와 사색만으로 자신의 사상을 구축한 철학자입니다. 그가 죽음의
두려움 없이 떠돌이 생활을 할 수 있었던 것은 역설적이게도 "우
리 집안에서는 어느 누구도 50세를 넘긴 이가 없었으니, 앞날에
대해 안달하지 마라"는 아버지의 조언 때문이었다고 합니다. 자신
에게 불리한 것일지라도 어떻게 활용하느냐에 따라 큰 이점으로
작용할 수 있습니다.

세 가지 비밀

인생과 예술의 비밀은 세 가지다.
시작하고, 계속 나아가고, 다시 시작하는 것

셰이머스 허니(아일랜드의 시인)

열정적인 삶을 살았던 윌리엄 러셀은 이렇게 말했습니다. "단순하지만 저항할 수 없을 정도로 강력한 세 가지 열정이 나의 삶을 지배해왔다. 그것은 사랑의 열망과 지식의 탐구, 그리고 고난을 겪고 있는 인류에 대한 견딜 수 없는 동정심이었다."

대부분의 사람들은
이익으로 분열되고 범죄로 뭉친다.

볼테르(프랑스의 철학자, 작가)

　『탈무드』에는 "만약 인간에게 악의 충동이 없다면 집도 짓지 않고, 아내도 얻지 않을 것이며, 아이들도 낳지 않을 것이고, 일도 하지 않을 것이다"라는 글이 있습니다. 그러고 보면 모든 일에는 선과 악의 두 가지 측면이 다 있다고 해야겠지요. 이익이 오히려 사람들의 관계를 악화시키기도 합니다.

노동은 인생을 감미롭게 해주는 것이지
결코 힘겨운 짐이 아니다.
걱정거리가 있는 자만이 노동을 싫어한다.

빌헬름 브르만(독일의 철학자)

막심 고리키는 노동에 대해 이렇게 정의를 내렸습니다. "일이
재미있으면 인생은 낙원이다. 일이 의무라면 인생은 지옥이다." 살
아있는 한 인간은 어떤 것이든 일을 해야만 비로소 영혼의 휴식
을 얻을 수가 있습니다.

1. 인생이란 원래 공평하지 못하다. 그런 현실을 불평할 생각 말고 받아들여라.

2. 세상은 당신이 어떻게 생각하든 상관하지 않는다. 세상이 당신한테 기대하는 것은 당신 스스로가 만족하다고 느끼기 전에 무엇인가를 성취해서 보여주는 것이다.

3. 학교 선생님이 까다롭다고 생각되거든 사회에 나와서 직장 상사의 진짜 까다로운 맛을 한번 느껴보라.

4. 햄버거 가게에서 일하는 것을 수치스럽게 생각하지 마라. 당신 할아버지는 그 일을 기회라고 생각했다.

5. 당신 인생을 망치고 있는 것은 바로 당신이다. 절대 부모 탓을 하지 마라. 불평을 일삼는 것을 당장 그만두고 잘못한 것에서 교훈을 얻어라.

6. 학교는 승자나 패자를 뚜렷이 가리지 않을지 모른다. 어떤 학교에서는 낙제 제도를 아예 없애고 쉽게 가르치고 있다는 것을 잘 안다. 그러나 사회 현실은 이와 다르다는 것을 명심하라.

7. 인생은 학기처럼 구분되어 있지도 않고 여름방학이란 것은 아예 있지도 않다. 당신 스스로 알아서 일하지 않으면 직장은 아무것도 가르쳐주지 않는다.

8. TV는 현실이 아니다. 현실에서는 커피를 마셨으면 일을 시작하는 것이 정상이다.

9. 공부밖에 할 줄 모르는 바보한테 잘 보여라. 사회에 나와서는 아마 그 바보 밑에서 일을 하게 될지도 모르니까.

빌 게이츠(미국의 사업가)

빌 게이츠의 어록은 소름이 끼치도록 현실적인 명구들로 채워져 있습니다. 사회 생활을 준비하는 젊은이라면 더욱 새겨들어야 할 명언들입니다.

좋은 벗은 저절로 만들어지는 것이 아니다.
여러 가지 추억, 함께 겪은 괴로운 시간, 많은 어긋남,
화해, 마음의 격동… 우정은 이런 것들로 채워져 있다.

생텍쥐페리(프랑스의 소설가)

　생텍쥐페리의 『어린 왕자』에서 주인공인 어린 왕자가 여우에게 친구가 되려면 어떻게 해야 하는지 묻자 여우가 이렇게 대답합니다.

　"무척 참을성이 많아야 해. 우선 내게서 좀 떨어져 앉아. 이렇게 풀밭에 말야. 내가 널 곁눈질해도 너는 아무 말 하지 마. 말이란 오해의 근원이니까. 그러면서 날마다 내게로 조금씩 더 가까이 오는 거야……."

　제아무리 가까운 친구라도 예의가 자리할 거리감을 두는 것이 좋은 친구 관계를 유지하는 비결입니다.

용모가 수려한 사람은
어떤 추천서 못지않게 효력이 있는 법이다.

아리스토텔레스(고대 그리스의 철학자)

40세가 넘으면 자신의 얼굴에 책임을 져야 한다는 말이 있습니다. 용모란 이제까지 그 사람이 행동하고 생각해 온 것을 포장한 인생 꾸러미로, 포장지가 투명하기 때문에 내용물이 그대로 드러납니다. 또한 내용물이 바뀌면 포장한 모양과 빛깔도 바뀝니다. 거울 속에 비친 얼굴을 통해 내면을 성찰하십시오.

위대한 것들 중에
하루아침에 만들어진 것은 없다.

에픽테토스(고대 로마의 철학자)

현명한 사람, 덕을 지닌 사람이 되기 위한 노력을 중단해서는 안됩니다. 무엇보다 덕을 쌓기 위해서는 먼저 자기 자신을 지배할 수 있어야 합니다. 자기 자신과 싸우는 일이야말로 가장 힘겨운 싸움이며, 자기 자신에게 이기는 것이야말로 가장 놀라운 승리입니다.

제 2 장

나를
위로해주는 말

장애물과 기회의 차이는 무엇인가?
그 차이란 그것에 대한 우리의 태도일 뿐이다.

금언

꼭 해야 할 일부터 하라.
그다음에 할 수 있는 일을 하라.

성 프란체스코(가톨릭 신부)

✿

　우리의 뇌는 컴퓨터를 능가하는 기능을 가지고 있지만 너무 바쁘게 움직이다보면 뇌가 갖는 엄청난 파워, 즉 창조적 능력은 없어지고 기계적인 작동만 하게 됩니다. 뇌가 휴식을 취하면 여러 자극과 아이디어들이 서로 연결고리를 만들어 새로운 차원의 아이디어를 만들어냅니다. 많은 일에 지쳐 있다면 일단 잠시 쉬는 시간을 가지십시오. 그러고나서 한 번에 한 가지씩 차분하게 해나가십시오. 그러는 사이에 모든 일들이 정리되고 해결되어 갈 것입니다.

아름다움을 만드는 것

약간의 근심, 고통, 고난은
삶에 반드시 필요한 양념이다.
바닥에 짐을 싣지 않은 배는
불안정하여 똑바로 나아갈 수 없다.

쇼펜하우어(독일의 철학자)

　고결한 정신의 아름다움은 고통 속에서도 결코 그것을 괴롭다고 느끼지 않아서 생기는 것이 아니라, 그것을 인내하며 극복함으로써 생겨나는 것입니다. 원석을 잘 다듬고 세공을 해야 아름다운 보석이 되는 것과 같은 이치입니다.

모든 인간의 지혜는 두 가지 말로 요약된다.
기다림과 희망이 그것이다.

알렉산드르 뒤마(프랑스의 극작가, 소설가)

🌸

사모로는 희망에 대해 다음과 같은 말을 남겼습니다. "좋은 날에는 기뻐하라. 나쁜 날에는 좋은 날을 생각하라. 사람은 미래를 알 수 없듯이 신은 좋은 날과 나쁜 날도 만든 것이니까."

위기가 주는 기회

군주는 결정적인 위기를 맞고 있을 때
가장 훌륭한 병사를 얻는다.

스펄전(영국의 목사)

위기는 당신이 가고자 하는 길을 다시 한 번 생각해 볼 수 있
는 성찰의 시간을 제공합니다. 위기 상황에서 실패하는 이유는
'위기' 자체가 가져오는 위험보다 충분히 생각하지 않고 실행하는
'무리수' 때문입니다. 실력을 쌓는 것만큼 중요한 것이 '인내'와 '기
다림'입니다. 어쩌면 위기는 결말에 도달하기 위한 과정에 불과한
것인지도 모릅니다. 따라서 위기는 스트레스의 대상이 아니라 '큰
그림의 일부'로 받아들여야 현명합니다.

가정과 가정생활의 안전과 향상이
문명사회와 산업의 궁극적 목적이다.

C. W. 엘리엇(미국의 교육자)

『대지』의 작가 펄 벅은 말했습니다. "가정은 나의 대지이다. 거기서 나는 정신적 영양을 섭취하고 있다." 가정이야말로 고달픈 인생의 안식처이며 모든 갈등이 해소되는 공간입니다. 또한 큰 사람이 작아지고 작은 사람이 커지는 곳이 바로 가정입니다.

투쟁하지 않으면
앞으로 나아갈 수 없다.

프레더릭 더글라스(미국의 인권운동가)

　당신을 괴롭히고 슬프게 하는 일들은 당신만 겪는 것이 아닙니다. 누구에게나 닥치는 시련입니다. 쇠는 불에 달구어야 강해지듯이 당신도 지금 당하고 있는 시련을 통해 더욱 굳건해질 것입니다.

우리는 행복이란 제품을 만들 수 있는
재료와 힘을 내면에 지니고 있으면서도
기성품 행복만을 찾고 있다.

알랭 드 보통(영국의 소설가)

알고 보면 모든 인간은 역사상 유일무이하게 유니크한 존재입니다. 따라서 모든 인간은 그 생존 방식이 제각각 다르다고 할 수 있지요. 어쩌면 당신의 생존수단은 어릴 때부터 늘 부모로부터 지적당한 좋지 않은 버릇일 수도 있습니다. 개성, 그것이 당신을 생존하게 하는 힘입니다.

기적이란 지금 이 순간 느낄 수 있는
평화와 아름다움을 느끼는 것이다.

틱낫한(승려)

당신이 행복하지 않다고 커튼이 내려쳐진 방 안에서 눈물 짓
다보면 세상의 모든 불행이 한꺼번에 몰려올 것입니다. 그럴 때는
당장 일어나 창문을 열고, 기꺼이 바람을 맞아들이십시오. 그리
고 하늘과 햇빛과 나무를 바라보십시오. 불행들이 당장 달아날
것입니다.

챔피언이란 체육관에서 만들어지는 것이 아니다.
챔피언은 그 사람의 내면 깊숙이에 있는
소망, 꿈, 이상에 의해 만들어진다.

무하마드 알리(전 권투 세계 챔피언)

전설적인 권투선수인 무하마드 알리는 중량급 선수였지만 경량급 선수처럼 빠른 몸놀림으로 상대의 주위를 돌면서 발을 구르고, 이리저리 움직이면서 때리고 피하고, 치고 빠지면서 권투를 예술의 경지로 끌어올렸습니다. '나비처럼 날아서 벌처럼 쏜다'는 말은 그렇게 만들어졌습니다. 그는 말했습니다. "챔피언은 결정적인 순간에 순발력이 있어야 하고, 빨라야 하고, 기량과 의지력이 있어야 한다. 하지만 의지력이 기량보다 훨씬 강해야 한다."

시작도 하지 않고 미리 어렵게만 생각하기에
할 수 있는 일들을 놓쳐버리는 것이다.

맹자(고대 중국의 사상가)

＊

　부정적인 사고의 대부분은 자동적으로 발생하기 때문에 인식
하기 어렵다고 합니다. 상황에 따라 어떤 반응을 나타낼지 결정하
는 것은 이성이 아니라 그 사람의 뇌습관이라고 합니다. 따라서
습관적인 자신의 생각과 기분을 무조건 믿어서는 안됩니다.

알 수 없는 것

인생은 그 외관만으로 판단하기 어렵다.
비애와 우수가 비단 옷을 입고 있을 수도 있으며
검은 상복 속에 희망과 행복이 깃들어 있을 수도 있다.

S. 존슨(영국의 시인, 수필가)

꽃이 핀 들판을 아무리 파헤쳐도 황금 광맥을 찾을 수 없지만 황야 밑에서는 가끔 그것이 발견됩니다. 무엇이든 당장의 모습만으로는 판단하거나 단정할 수 없습니다. 전화위복(轉禍爲福)이나 새옹지마(塞翁之馬) 같은 말들이 전해 내려오는 이유가 거기에 있습니다.

평온한 바다는 결코 유능한 뱃사람을 만들 수 없다.

영국 속담

🌸

말기 췌장암으로 시한부 인생을 살았던 랜디 포쉬 교수는 『마지막 강의』에서 '자신의 어릴 적 꿈을 기억하라'는 주제로 강의하던 중 빨간 벽돌로 만들어진 벽을 보여주면서 말했습니다. "당신이 무엇을 하든 벽에 부딪힐 것입니다. 그 벽은 우리가 무언가를 얼마나 절실히 원하는지를 시험하는 기회이므로, 벽을 두려워해서는 안 됩니다."

최대 적은 자기 마음속의 유혹이다.

윈스턴 처칠(영국의 정치가)

당신이 마음의 유혹을 뿌리치지 못하면 당신의 미래는 커다란 암흑 속으로 빠져들 것입니다. 당신이 마음의 악마가 속삭이는 달콤한 유혹을 뿌리치지 못한다면 언제나 고통 속을 헤맬 것입니다. 바람 속의 갈대 같은 당신의 마음을 평정하십시오. 그러면 당신는 평온을 얻을 것입니다. 당신의 평온은 가슴으로부터 옵니다.

화가 나를 덮을 때

지독히 화가 날 때에는
인생이 얼마나 덧없는가를 생각해보라.

마르쿠스 아우렐리우스(로마의 황제, 철학자)

　　누군가 때문에 화가 나서 견딜 수 없을 때는 간디의 이런 말을 마음속에 떠올려보십시오. "약한 인간은 결코 용서할 줄 모른다. 용서는 강한 인간만이 가진 속성이다." 마음이 평화로운 상태를 유지해야만 일을 효과적으로 할 수 있고, 휴식 또한 완벽한 것이 됩니다.

자기 극복이 끝났을 때가 성공의 시작이다.

이소룡(중국의 무술 배우)

❋

아논은 "사람들은 평생 알프스 산을 그림으로만 보면서 오르기 힘든 산이라고 포기하고 있다가 죽을 때가 되면 자신이 경험해보지 못한 등반의 애달픔을 저주하며 산기슭에서 죽는다"고 말했습니다. 어떤 일을 시도해보기도 전에 일찌감치 포기부터 하는 사람들이 너무나 많습니다. 이런 두려움을 극복했을 때 비로소 성공은 시작됩니다.

기적을 보기 위해 힘들게 찾아다닐 필요는 없다.
애벌레가 나비가 되고, 가냘픈 풀이 아름다운 꽃을
피우고, 작은 도토리가 커다란 참나무로 자라는 것,
이보다 더 놀라운 기적이 또 어디 있겠는가!

금언

일몰의 경이로움과 달의 아름다움에 감탄할 때면 당신의 영혼은 신을 경배하기 위해 끝없이 멀리 팽창할 것입니다. 우리는 일어날 수 없는 일이 일어나기를 바라며 기적을 소망하지만, 자연의 법칙을 거슬러 일어나는 일은 기적이 아니라 재앙이 될 수 있습니다.

겉으로 보기에 인생은 모순으로 가득 차 있다.
하지만 모순 뒤에 숨어 있는 질서를 발견할 때 비로소
인생이 참으로 아름답다는 것을 느낄 수 있을 것이다.

이드리스 샤흐(명상가)

우주에는 질서정연한 규칙이 있습니다. 그리고 우주에 존재하는 모든 사물에는 그것을 다스리는 불변의 법칙이 있습니다. 우주의 법칙에는 맹점이 없습니다. 우주의 법칙을 벗어난 것은 살아 있는 존재를 다스릴 수가 없기 때문입니다.

다른 사람들에게 선하게 대할 때
자신에게도 가장 잘 대할 수 있다.

벤저민 프랭클린(미국의 정치가, 저술가)

　　꿀벌이 다른 동물보다 존경받는 것은 부지런하기 때문이 아니라 동료를 위해 일하기 때문입니다. 매일 당신과 동행하는 이웃의 길 위에 꽃잎을 뿌릴 준비가 되어 있다면 당신의 삶은 더 큰 기쁨으로 채워질 것입니다.

생명은 자연의 가장 아름다운 발명이며,
죽음은 더 많은 생명을 얻기 위한 자연의 계교이다.

괴테(독일의 작가, 철학자)

함석헌 선생님은 생명에 대해 이렇게 이야기했습니다. "생명은
지속된다. 끊이지 않고, 끊어졌다가도 다시 이어지는 것이 생명이
다. 지지 않는 것이 이김이다. 져도 졌다 하지 않는 것이 이김이다.
놓지 않는 것이 이김이요, 믿음이다. 살려니, 되려니 하는 것이 믿
음이다. 전혀 가망이 없어도 믿는 것, 없으면 만들기라도 하자는
것이 믿음이요, 그 믿음이 생명이다."

공기처럼 사소한 일도 질투하는 이에게는
성서의 증거처럼 강력한 확증이 될 수 있다.

셰익스피어(영국의 극작가)

셰익스피어는 『오셀로』를 통해 "의심이란 이유가 있어서가 아
니라 의심 때문에 의심한다"고 말하고 있습니다. 의심이나 질투는
뭔가 확실한 실체가 있는 것이 아니라 자신의 불안한 심리 때문
에 발생하는 것입니다.

슬픔이란
자기 부정에서 오는 감정의 표현이다.

장자(고대 중국의 사상가)

바이런은 말했습니다. "슬픔은 고독을 잡아먹고 산다. 분주한
자들에게는 눈물을 흘릴 여유도 없다." 목표를 세우고 그것을 위
해 매진하십시오. 슬픔은 순식간에 달아날 것입니다.

우리의 일생은 타인에게 얽매여 있다.
타인을 사랑하는 데 인생의 반을 소모하고
타인을 비난하는 데 반을 소모한다.

조제프 주베르(프랑스의 작가)

✿

『법구경』에서 "악한 일은 자기를 괴롭게 하지만 그것은 행하기 쉽고, 선한 일은 자기를 편안하게 하지만 그것은 행하기가 어렵다"고 하였습니다. 당신이 미워하는 사람에게 악행을 저지르면 당신의 증오에 기름을 붓는 것과 같습니다. 반대로 원수를 너그럽게 대하게 되면 당신의 마음속에 응어리져 있는 증오가 깨끗이 달아날 것입니다.

자연은 공평하게 재능을 나누어주었다.
모든 차이는 교육과 환경에서 오는 것이다.

필립 체스터필드(영국의 문인, 정치가)

부모들이 만든 환경 덕분에 천부적 재능을 찾은 사람들이 있습니다. 부모와 즐겁게 노는 과정에서 부모들이 관심을 갖는 분야에 자연스럽게 동참함으로써 자기도 모르게 그 분야의 재능을 키우게 된 것입니다. 예를 들면 진화론을 창시한 찰스 다윈은 중학교 과학 교사인 아버지를 따라 곤충 채집, 식물 채집을 하러 다니면서 생물학에 흥미를 갖고 재능을 키워나갔습니다. 어떤 계기나 기회가 재능을 이끌어내고 환경이 그것을 향상시키는 것입니다.

교육은 그대의 머릿속에
씨앗을 심어주는 것이 아니라 그 씨앗들이
자라나게 하는 양분을 공급해주는 것이다.

칼릴 지브란(철학자, 작가)

🌸

"새는 날 수 있게 태어났으며, 말은 달릴 수 있게 태어났고, 사람은 배우며 이해할 수 있게 태어났습니다. 그리고 우리 인간은 배움이라는 양분을 먹고 자랍니다." 퀸틸리아누스가 한 말입니다. 아무리 많은 잠재력을 가지고 있다 해도 교육과 훈련으로 발현시키지 않으면 그대로 묻히고 마는 것이 인간의 재능입니다.

위대하다는 것은
오해받고 있다는 것과 같은 의미이다.

R. W. 에머슨(미국의 시인, 수필가)

✿

　자립심의 중요성을 강조하곤 했던 미국의 랠프 왈도 에머슨
은, 반대에 직면했을 때는 용기가 필요하다며 이렇게 말했습니다.
"오해받는 것이 그렇게 나쁩니까? 피타고라스도 오해를 받았습니
다. 소크라테스, 코페르니쿠스, 갈릴레오, 뉴턴 같은 완벽하게 순
수하고 현명한 정신의 소유자들도 모두 오해를 받았습니다. 당신
이 내린 결정에 대해 주변에서 반대를 하더라도 너무 상심하지 마
십시오. 모든 위대한 사람들은 오해를 받았으니까요."

한 숟갈의 상상력은
한 트럭의 지식보다 더 중요하다.

아인슈타인(미국의 물리학자)

아이들에게는 비범한 재주가 있습니다. 아무것도 상관하지 않는 재주입니다. 아이들은 어떤 상황에 놓이든 신나게 즐기는 재주가 있습니다. 마치 '그리스 로마 신화에 나오는 창조의 여신들처럼 끊임없이 놀거리를 만들어냅니다. 장난감이 없을 때는 주변의 아무 물건에나 의미를 부여하여 신나게 놉니다. 바로 이것이 우리가 아이들에게서 배워야 할 자세입니다. 거칠 것 없는 상상력에서 새로운 세계가 만들어집니다.

떨어져 있을 때의 추위와
붙으면 가시에 찔리는 아픔 사이를 반복하다가
적당히 거리를 유지하는 법을 배우게 된다.

쇼펜하우어(독일의 철학자)

좋은 사람과 관계를 오래 유지하려면 너무 지나치지도 소홀
하지도 말고 적당한 거리를 유지하세요. 그런 거리에서 가벼운 흥
분과 설렘을 유지시켜주는 힘이 생겨납니다. 그러나 그 기분 좋은
균형이 무너지는 순간 집착과 미련이라 불리는 불쾌한 것들과 손
을 잡게 되는 것입니다. 그리고 그 뒤에 이별이라 불리는 가슴 아
픈 현실을 맞이하게 됩니다.

성공할 때까지 나아가라

누구에게나 한 가지 잘 할 수 있는 일이 있다.
당신이 잘 할 수 있는 바로 그 무언가를 찾았으면
성공할 때까지 노력해야 한다.

금언

크게 성공한 사람일수록 누구보다도 더 많은 노력을 한 사람입니다. 인생은 그 누구도 호락호락 놔두지 않습니다. 우리는 원하는 것을 얻기 위해 늘 노력해야 하는데, 그때에 무엇보다 중요한 것은 우리 스스로를 신뢰하는 것입니다. 스스로를 믿을 때에만 포기하지 않고 한결같이 노력할 수 있기 때문입니다.

말하기 전에 생각하고
생각하기 전에 책을 읽으라.

조셉 우드 크루치(미국의 작가, 문학평론가)

　정치가이면서 최고의 과학자이자 저술가였던 벤저민 플랭클린은 이렇게 말했습니다. "독서는 정신적으로 충만해지게 하고, 사색은 사려 깊은 사람을 만듭니다. 그리고 논술은 확실한 사람을 만듭니다."

칭찬과 아첨

사냥꾼은 개로 토끼를 잡지만
아첨꾼은 칭찬으로 우둔한 자를 사냥한다.

소크라테스(고대 그리스의 철학자)

미국 최고의 컨설턴트인 데일 카네기는 말했습니다. "아첨은
이빨 사이에서 나오고, 진지한 칭찬은 가슴에서 나온다." 특히 이
해관계가 얽힌 일에는 로비와 뇌물, 그리고 아첨이 오가는 것이 보
통입니다. 성의를 갖고 상대를 대하면 상대방에게 허위가 있을 리
없고, 자기에게 허위가 있으면 상대방에게 성의가 생겨나지 않습
니다.

발 없는 말이 천 리 간다

속담

우리에게 너무나 익숙한 속담이지만 가슴속 깊이 새겨두어야 할 문구입니다. 디지털 미디어의 발달로 전 인구의 70% 이상이 인터넷을 이용하고 있습니다. 인터넷은 우리의 삶을 보다 풍요롭게 만들기 위한 수단으로 발명되었지만 갈수록 악의적인 루머의 확산 도구로 변질되고 있습니다. 아무 생각 없이, 또는 관심을 끌기 위해 퍼뜨린 루머에 많은 사람들이 고통을 당한다는 사실을 알아야 합니다. 무엇보다 나 역시 루머의 피해자가 될 수 있음을 안다면 타인에 대한 평가를 좀 더 신중하게 해야 할 것입니다.

창조의 근원

하느님은 인간을 자유롭게 창조하였다.
인간은 자신에게 부여된 능력을 현명하게 사용하는
방법을 배우기 위해 자유롭지 않으면 안 된다.

칸트(독일의 철학자)

　사람들은 규칙을 만들어내는 것을 좋아합니다. 규칙은 중요
한 것이기는 하지만 어디에나 있어야 하는 것은 아닙니다. 그러므
로 어떤 사안이든 규칙의 틀에서 벗어나 자유롭게 생각해볼 필
요가 있습니다. 무슨 일에서든지 정답과 오답만 찾아내는 습관이
몸에 배게 되면 창조적인 뇌의 근육은 점점 굳어져 획일화되고
안전한 것만 찾게 됩니다.

자신이 하는 일을 재미없어 하는 사람 치고
성공한 사람을 보지 못했다.

데일 카네기(미국의 컨설턴트)

✿

공자는 『논어』의 「옹야」 편에서 이렇게 쓰고 있습니다. "뭔가
를 알려고 하는 사람은 좋아서 하는 사람만 못하고, 좋아서 하는
사람은 그 일을 즐기며 하는 사람만 못하다." 세상을 변화시킨 걸
출한 천재들은 거의 대부분 자신이 좋아하는 일에 즐겁게 몰입했
던 사람들입니다.

절망이 끝이 아닌 이유

절망하지 마라.
절망하지 않을 수 없더라도 절망하지 마라.
모든 것이 정말로 끝장이 났을 때에는
절망할 수도 없지 않은가!

카프카(독일의 작가)

　　인간만이 진실로 절망할 수 있고, 인간만이 진실로 그 절망의 저편에 자리 잡고 있는 고독의 즐거움을 맛볼 수 있습니다. 절망이라는 병에 걸릴 수 있다는 것은 인간이 동물보다 지극히 우수하다는 뜻이기도 합니다. 절망하는 그 이면에는 보다 나은 삶을 살고자 하는 욕망이 있기 때문입니다. 모든 것이 끝장난 듯 보여도 결국은 새로운 힘이 생겨나게 되어 있습니다.

고통은 인간의 위대한 교사이다.
고통의 숨결 속에서 영혼이 발육된다.

바흐(독일의 작곡가)

마르셀 프루스트는 예술과 고통이 어떻게 연결되어 있는지에 대해 이렇게 설명했습니다. "가장 하찮은 것들에 매력과 신비를 주는 건 예술만이 아니다. 고통에도 그런 것을 주는 능력이 있다." 사람들이 수많은 예술 작품을 접하는 순간 저도 모르게 감동에 몸을 떠는 것은 자신이 겪은 과거의 고통이 예술가의 작품 속에 고스란히 투영되어 있기 때문입니다.

장애물과 기회의 차이는 무엇인가?
그 차이란 그것에 대한 우리의 태도일 뿐이다.

금언

✽

『오체불만족』의 작가 오토다케 히로타다. 그의 다 자란 팔다리는 고작 10센티미터에 불과했습니다. 그러나 그는 그런 팔다리로 달리기, 야구, 농구, 수영 등 못하는 운동이 없었습니다. 어렸을 때부터 보통 사람과 똑같이 교육을 받은 그는 자신의 신체가지닌 장애를 결코 불행한 쪽으로만 바라보지 않았습니다. 오히려 '초개성적'이라고 생각하며 '장애와 행복 사이에는 아무런 관계가 없다'고 묵살해버렸습니다. 이것이 그가 세계적인 베스트셀러를 내고, 언제나 즐겁게 살 수 있는 이유입니다.

가혹하고 부정적인 뜻이 함축된 언어를 피하라.
긍정적인 언어를 사용하면 주변 사람에게
분노를 살 일을 줄일 수 있다.

데이비드 J. 리버만(미국의 심리학자)

언어에는 무한한 힘이 있습니다. 매일 아침 스스로에게 이렇게 말하십시오. '오늘이야말로 정말 좋은 날이다. 내 생애 최고의 날이다.' 그리고 저녁에는, '오늘은 지나갔다. 내일은 내 생애 최고의 날이 될 것이다'라는 암시로 신념을 강화하십시오. 긍정적인 말을 습관적으로 하는 사람은 부정적인 말을 습관적으로 하는 사람보다 훨씬 성공적인 삶을 살게 된다고 합니다.

열정 없이는 종교, 역사, 소설, 예술이
아무 쓸모가 없다.

발자크(프랑스의 소설가)

토인비는 "무기력을 극복하는 유일한 약은 열정이다."라고 했고, 위대한 사업가였던 찰스 스왑은 "열정을 갖고서 일하지 않는 한 성공은 없다."고 말했습니다. 열정 없는 삶은 가치 없는 하루하루를 보내는 것과 다름없습니다. 시간은 누구에게나 똑같이 주어집니다. 그 시간을 아름답고 즐겁게 만드는 것이 바로 열정입니다.

아름다운 육체를 위해 쾌락이 있다.
그러나 아름다운 영혼을 위한 고뇌만큼
가치 있는 것은 없다.

오스카 와일드(아일랜드의 작가)

도스토예프스키는 고뇌의 중요성에 대해 이렇게 말했습니다. "고뇌를 경험해보지 않고는 행복을 이해할 수 없다. 황금이 불로 정제되는 것처럼, 이상도 고뇌를 거침으로써 아름다운 열매를 맺는 것이다. 따라서 천상의 왕국은 노력에 의해 얻어지는 것이다." 고뇌와 고통 없이 주어지는 것은 그 가치를 향유하기도 전에 사라지고 맙니다. 참된 행복을 느끼기 위해서는 고통의 과정이 필요합니다. 그때의 행복은 누구도 빼앗을 수 없습니다.

유익한 벗, 해로운 벗

한 사람의 진실한 벗은
천 명의 적이 당신을 불행하게 만드는 힘 이상으로
당신을 행복하게 한다.

에센바흐(독일의 궁정시인)

공자는 우리에게 어떤 친구가 유익한지, 어떤 친구를 피해야 하는지를 친절하게 알려주고 있습니다. "유익한 친구가 세 종류 있고, 해로운 친구가 세 종류 있다. 정직하고 진실하고 견문이 넓은 사람을 벗으로 삼으면 유익하다. 그러나 형식만 차리는 사람, 대면할 때만 좋아하는 사람, 말재주만 있는 사람을 친구로 삼으면 좋지 않다."

용모는 정직하다

용모는 결코 거짓말을 하지 않는다.

발자크(프랑스의 소설가)

링컨이 대통령으로 있을 때의 일입니다. 절친한 친구가 누군가를 대통령 비서로 추천하였습니다. 링컨은 친구의 인격을 믿었기에 그 사람을 채용하려고 하였습니다. 그러나 링컨은 그 사람을 면접하고는 그 자리에서 되돌려보냈습니다. 친구가 그 문제로 항의를 하자 링컨은 이렇게 대답했다고 합니다. "사람은 나이 마흔이 되면 자기 얼굴에 책임을 져야 합니다. 그런데 그 사람 얼굴을 보니 진실이라곤 한 군데도 찾아볼 수 없었습니다."

열정은 진심의 웅변

정열은 놀라운 설득력을 지닌 대단한 웅변가다.

라 로슈프코(프랑스의 작가)

어떠한 말보다 그 사람에게서 뿜어져 나오는 열정이 사람의 마음을 움직입니다. 말은 거짓으로도, 마음 없이도 할 수 있지만 열정은 거짓에서 나올 수 없습니다. 세상을 움직이는 것은 한 사람 한 사람의 열정입니다.

인생에서 가장 큰 행복은 사랑받고 있다는 확신,
좀 더 정확히는 '내가 이런 사람임에도
사랑받고 있다'는 확신이다.

빅토르 위고(프랑스의 소설가)

누군가를 사랑한다는 것은 어쩌면 자기애를 만족시키는 일이라고 할 수 있습니다. 건강한 자기애는 병리적 자기애를 인식하고, 그것을 의식 속에서 통합하는 행위를 바탕으로 이루어집니다. 즉 자기 내면에 있는 추악하고 부정적인 감정을 인정하고, 그 자체를 받아들이고 사랑할 수 있는 것이 진정한 자기애라고 할 수 있습니다.

성숙의 징표

어리석은 사람이 격분하고 있을 때
냉정을 잃지 않는 사람은 성숙한 인간의 징표로,
사람들 사이에서 존경을 받는다.

발타자르 그라시안(스페인의 대문호, 철학자)

✿

　심한 노여움에 휩싸였을 때는 어떤 방법으로 마음을 진정시
켜야 할지 알고 있어야 합니다. 홧김에 터져 나온 말 한마디가 순
식간에 당신을 지옥의 불덩어리 속으로 던져버릴 수 있습니다. 극
단적인 대립으로 감정이 격심하게 소용돌이칠 때에는 먼저 자신
이 냉정을 잃었다는 점을 인식할 필요가 있습니다. 그리고 잠시
침묵하며 잠잠해보십시오. 모든 것이 한때의 기분일 뿐이라는 것
을 느끼게 될 것입니다. 말은 그다음에 해도 늦지 않습니다.

두려움 때문에 갖는 존경심만큼 비열한 것은 없다.

알베르 카뮈(프랑스의 작가)

두려움을 극복하기 위해서는 우선 두려움의 실체를 알아야 합니다. 두려움이란 감정은 누구나 숨기고 싶어 하지만 알고보면 모두가 가지고 있는 감정의 일부입니다. 현대화가 진행될수록 대상도 다양해지고 그 정도도 훨씬 강화된 '두려움'이란 감정은 어떻게 받아들이느냐에 따라 삶의 안전장치가 되기도 하고, 악령이 되기도 합니다. 두려움을 극복하려면 그 두려움의 대상을 똑바로 보고 본질을 파악하는 것이 중요합니다. 그것이 정말 두려워할 만한 실체가 있는 것인지, 아니면 나의 비겁함을 숨기기 위해 만들어낸 것인지를 알아야만 합니다.

모든 죄악의 근본은 조바심과 게으름이다.

카프카(독일의 소설가)

🌸

　J. 르나르는 게으름에 대해 이런 명구를 남겼습니다. "당신의 게으름을 벌주기 위해 타인의 성공이 만들어졌다." 성공한 친구를 부러워하기 전에 자신의 과거를 되돌아보십시오.

오랫동안 꿈을 그리는 사람은
마침내 그 꿈을 닮아간다.

앙드레 말로(프랑스의 소설가)

✽

아리스토텔레스는 꿈에 대해 이런 말을 남겼습니다. "희망은 잠자고 있지 않는 인간의 꿈이다. 인간에게 꿈이 있는 한 이 세상은 도전해볼 만하다. 어떠한 일이 있더라도 꿈을 잃지 마라. 꿈은 희망을 버리지 않는 사람에게 선물로 주어진다." 꿈을 잃으면 희망도 잃습니다. 희망을 잃으면 열정이 사라집니다. 그런 사람에게 인생은 무의미한 시간의 연속일 뿐입니다.

제 3 장

내 생각을
변화시키는 말

우리 앞에 놓인 높은 산이 아니라
신발 속의 작은 모래알이 발걸음을 중단시킨다.

속담

말은 날개를 가지지만
생각하는 곳으로 날아가지는 않는다.

조지 엘리엇(영국의 소설가)

　말은 내뱉은 사람의 의도와는 전혀 다르게 해석될 수가 있습니다. 듣는 사람의 지적·감성적 지배를 받기 때문이지요. 한 번 입 밖으로 내뱉은 말은 다시 주워 담을 수 없습니다. 누군가에게 말을 할 때는 자신의 감정과 의도가 정확히 전달되도록 한 마디 한 마디를 신중하게 하고, 가까운 사이일수록 말이 상처가 되지 않도록 조심하는 노력이 필요합니다.

일하는 행복

자신이 하는 일을 사랑하고
그것이 중요하다고 느끼는 것보다
더 큰 즐거움은 없다.

링컨(미국의 16대 대통령)

막심 고리키는 "행복은 두 손 안에 꽉 잡고 있을 때는 몹시 작아 보이나 그것을 풀어주고 나면 얼마나 크고 귀중한 것인지 비로소 알 수 있다"고 했습니다. 일하고 있는 당신, 지금이 가장 행복한 시간입니다.

기둥이 약하면 집이 흔들리듯
의지가 약하면 생활도 휘청거린다.

에머슨(미국의 사상가, 시인)

괴테는 우리에게 도발적으로 부추깁니다. "꿈을 품고 무언가 할 수 있다는 의지력이 생겼으면 목표한 바를 실행하라. 새로운 일을 시작하는 용기 속에 당신의 천재성과 능력과 기적이 숨어 있다." 꿈을 품었다면 강한 의지력으로 무장하고 앞으로 나아가 십시오!

얼굴이 말해준다

수많은 광물이 묻힌 광산처럼
얼굴엔 인간의 모든 게 묻혀 있다.

다니엘 맥닐(미국의 저널리스트)

셰익스피어는 『멕베스』에서 인간의 얼굴에 대해 이렇게 썼습니다. "당신 얼굴은 뭔가 수상한 내용이 담긴 한 권의 책 같군요." 맞습니다. 사람의 얼굴에는 그 사람의 이력이 그대로 드러납니다. 따라서 당신의 모든 생각과 행위가 담긴 책을 좀 더 훌륭한 내용으로 꾸며야겠지요?

나는 한 권의 책을 책꽂이에서 뽑아 읽었다.
그리고 그 책을 꽂아놓았다.
그러나 나는 이미 조금 전의 내가 아니다.

앙드레 지드(프랑스의 소설가)

　데카르트는 독서의 필요성에 대해 이렇게 말했습니다. "좋은 책을 읽는다는 것은 과거의 가장 훌륭한 사람들과 대화하는 것이다." 그렇습니다. 책은 인류의 위대한 천재들이 후세들에게 남긴 유산으로, 이는 한 세대에서 다른 세대로 계속 전달됩니다. 그런 책을 읽은 사람의 내면은 이미 그것을 알기 전의 내면과 다릅니다. 이것이 책이 가진 힘입니다.

승자가 즐겨 쓰는 말은 '다시 한 번 해보자'이고
패자가 즐겨 쓰는 말은 '해봐야 별 수 없다'이다.

탈무드

실수와 실패, 자존심과 자부심, 관용과 존경…… 언뜻 비슷해
보이는 단어들이지만 이들 짝 중 하나는 승자의 언어이고 하나는
패자의 언어입니다. 실패와 자부심, 존경은 승자들의 언어입니다.
승자의 언어와 패자의 언어 사이에는 크나큰 간극이 존재합니다.
당신이 승자가 되려면 승자의 언어에 익숙해져야 합니다.

작은 것만 생각하면 사람도 작아진다.
큰 것을 생각하면 사람도 커진다.

금언

큰 생각을 하려면 어떻게 해야 할까요? 먼저 정신을 맑게 해
야 생각의 폭이 넓어집니다. 그리고 마음을 차분하게 가라앉혀야
생각이 깊어집니다. 그 모두를 충족시키려면 몸은 따뜻하게 하고,
머리를 차갑게 해야 합니다. 생각이 사람의 크기, 인생의 크기를
만듭니다. 현실에 안주하지 말고 보다 크고 아름다운 미래를 만
들어갑시다.

틀을 깨라

당신이 이러지도 저러지도 못하는 이유는
낡은 규범에 얽매여 있기 때문이다.

세스 고딘(전 야후 부사장, 컨설턴트)

살아가면서 때론 신중함과 경륜이, 때론 어린아이와 같은 눈으로 남들이 당연하게 여기는 일이나 상식에 의문을 품는 것이 필요합니다. 특히 새로운 것에 도전하거나 창조적인 일을 하고 싶다면 호기심과 자유로운 상상력을 잃지 않아야 합니다.

과거에 대해 생각하지 마라.
미래에 대해서도 생각하지 말라. 단지 현재에 살아라.
그러면 모든 과거도 미래도 그대의 것이 될 것이니.

라즈니쉬(인도의 명상가)

한 연구 결과 매일 2, 3분을 투자해서 그날 있었던 일 중에 감사할 만한 것을 적는 사람들이 그렇지 않은 사람들보다 훨씬 더 긍정적인 성향을 가지고 활기차게 생활했으며, 일에 대한 수행 능력도 뛰어났다고 합니다. 하지만 그보다 더 중요한 것은 그런 사람들은 현재 자신이 해야 할 일을 즐긴다는 사실입니다. 우리가 사는 시간은 과거도 미래도 아닌 현재의 연속입니다. 현재를 즐겁게 살면 인생 전체가 즐겁게 될 것입니다.

고난의 시기에 동요하지 않는 사람,
이런 사람이야말로 진정 뛰어난 인물이다.

베토벤(독일의 음악가)

그 사람의 진정한 면모는 고난을 당했을 때 드러납니다. 평이
하고 좋은 환경에서는 대체로 넉넉하고 좋은 사람일 수 있습니다.
그러나 역경이 닥치면 그 사람의 내면에 숨어 있던 모습이 여과
없이 드러납니다. 고난과 역경의 시기에도 동요하거나 돌변하지
않는 사람이야말로 진정한 인격자이자 승자라 할 수 있습니다.

불행한 사람은 언제나 자기가
불행하다는 것을 자랑 삼고 다니는 사람이다.

버트런드 러셀(영국의 철학자)

행복이 우리 인간의 자연스러운 상태이지만 아이러니컬하게도 인간은 불행을 더 편안하게 느끼도록 훈련되었습니다. 이상하게도 우리는 행복에 익숙하지 않습니다. 때때로 행복은 부자연스러울 뿐만 아니라 과분한 것이라고 생각하기도 합니다. 우리가 누군가에 대해, 또는 어떤 상황에 대해 최악의 경우를 생각하는 이유도 거기에 있습니다.

슬픔은 빛나는 기쁨과 같은 정도의
강력한 힘을 발한다. 그것이 없으면 우리는
지극히 무기력한 삶을 살게 될 것이다.

로댕(프랑스의 조각가)

고통을 두려워 마십시오. 그러면 곧 알게 될 것입니다. 고통을 겪은 다음 강해지는 것이 얼마나 장엄한가를. 편안한 환경에서는 절대 깊이 있고 강한 인간이 만들어지지 않습니다. 시련과 고통을 통해서만 그 일에 대한 통찰력과 영감을 떠올릴 수 있으며, 그것을 바탕으로 성공을 이룰 수 있습니다. 고통이 그렇듯이 슬픔에도 힘이 있습니다.

뜨거운 난로 뚜껑에 앉아본 고양이는
차가운 난로 뚜껑에도 앉지 않으려 한다.

마크 트웨인(미국의 소설가)

　　많은 사람들이 경험의 중요성에 대해 논하고 있지만 경험에 의존한 삶은 자칫 한계에 갇혀버릴 수가 있습니다. 작가들 중에는 실제 경험을 주제로 소설을 쓰는 사람과 상상력으로 글을 쓰는 사람이 있는데, 상상력으로 글을 쓰는 작가의 경우 훨씬 창작의 폭이 넓다고 합니다. 경험은 중요한 자산이지만 한 번의 경험이 세상의 전부는 아닙니다. 경험은 때에 맞게 활용되어야 힘을 발휘할 수 있습니다.

귀로는 남의 그릇됨을 듣지 말라.
눈으로는 남의 단점을 보지 말라.
입으로는 남의 허물을 말하지 말라.

명심보감

러시아의 문호인 톨스토이는 타인을 대하는 복잡한 인간 심리에 대해 이렇게 설명하고 있습니다. "사람은 자기 자신을 극복했을 때에만 이웃을 비난하지 않게 된다." 따라서 타인을 비난하기 전에 먼저 자기 자신의 내면을 신중히 살펴볼 필요가 있습니다.

자신의 불행을 생각하지 않게 되는
가장 좋은 방법은 일에 몰입하는 것이다.

금언

어떤 일에 몰입하는 순간 물 흐르듯 행동이 자연스럽게 이루
어지는 느낌을 가질 것입니다. 그것은 운동선수가 말하는 몰아일
체의 상태, 신비주의자가 말하는 무아지경, 화가나 음악가가 말하
는 미적 황홀경입니다. 몰입을 하면 시간의 흐름도 잊혀지고 불행
이나 괴로움도 느낄 수 없게 됩니다. 그러는 사이 많은 것들이 해
결될 것입니다.

모래알의 위력

우리 앞에 놓인 높은 산이 아니라
신발 속의 작은 모래알이 발걸음을 중단시킨다.

속담

　거대한 목표가 우리를 좌절시키는 것이 아닙니다. 작은 습관
이, 사소한 쾌락이, 약간의 괴로움이 목표를 향해 가는 발걸음을
막는 것입니다.

그간 우리에게 가장 큰 피해를 끼친 말은
'지금껏 늘 그래 왔어'라는 말이다.

금언

성공적인 인생을 사는 단 3%를 제외하고 평범한 사람들이 삶을 크게 변화시키지 못하는 이유가 있습니다. '지금껏 늘 그래 온' 과거의 생활 패턴에서 탈피하지 못하는 데다가 주변에서 '지금껏 늘 그래 왔어'란 시선으로 그 사람을 바라보기 때문입니다. 지금까지와 전혀 다른 삶을 살고 싶다면 지금까지와 전혀 다른 생각을 해보고, 지금까지와는 전혀 다른 시도를 해보고, 지금까지와는 전혀 다른 환경으로 이동해서 전혀 다르게 생활해보는 것도 좋은 방법입니다.

당신이 오늘 베푼 선행은
내일이면 잊혀질 것이다.
그래도 선행을 베풀어라.

마더 테레사(수녀)

　누군가에게 베푼다는 것은 주고 받는 거래가 아닙니다. 베푼
것은 잊어야 합니다. 그것이 베푼다는 말의 진정한 실천입니다.

무시해도 되는 것 117

사소한 불평은 눈감아버려라.

고흐(네덜란드의 화가)

독일의 유명한 작가인 괴테의 어머니는 엄청난 활력과 끊임없이 솟아나는 유머의 소유자였습니다. 그녀는 지구상에서 즐길 수 있는 것은 마음껏 즐기고, 불쾌한 것은 깡그리 무시해버릴 줄 아는 놀라운 능력을 갖고 있었습니다. 우리가 그녀에게서 배워야 할 것은 불쾌한 기억, 사소한 감정들에 얽매이지 않고 인생을 즐기며 살아가는 태도입니다.

같은 말이라도 듣기 좋게 긍정적으로 하라.
음악을 듣고 자란 오이는 결실도 좋다.

금언

    부자들 중 자기 자신이 부자가 못 될 것이라고 생각한 사람은 없습니다. 그리고 그들은 자기의 운명에 낙관적이었습니다. 그들은 가난을 비관할 시간에 신발끈을 바짝 동여매는 이들입니다. 말에는 기가 서려 있습니다. 비관적인 말은 실패를, 긍적적인 말은 성공을 만들어냅니다. 식물조차도 긍정적인 말의 기운을 받고 자랍니다.

명랑한 기분은 값비싼 보약보다
훨씬 더 큰 약효를 지니고 있다.

C. 샌드버그(미국의 시인)

옷차림을 보고 진짜 부자인지 아닌지 판단하기는 어렵다고 합니다. 가난한 사람이 화려한 명품을 구입해 입고 다니는 경우가 많기 때문입니다. 부자특성연구회 문승렬 박사는 "부자들의 얼굴에는 돈이 새지 않도록 하는 인중라인과 입가의 법령라인, 입 주위의 웃음라인이 뚜렷하다"며, 자신감이 있으니 그만큼 잘 웃는다고 밝혔습니다. 부자가 되고 싶다면 우선 입가에 웃음이 떠나가지 않도록 하세요.

미련함

개가 자기가 토한 것을 도로 먹는 것처럼
미련한 자는 미련한 짓을 계속 되풀이한다.

성경 잠언

　나쁜 습관은 의식적으로라도 고치려고 노력하지 않으면 안됩니다. 새뮤얼 스마일스는 습관에 대해 이런 말로 독자에게 충고합니다. "습관은 나무껍질에 새겨놓은 문자 같아서 그 나무가 자라남에 따라 점점 확대된다."

일단 마음으로 맺은 친구는
쇠사슬로 묶어서라도 놓치지 마라.

셰익스피어(영국의 극작가)

　인생에서 우정을 없앤다는 것은 태양 없이 산다는 것과 같습니다. 세계적으로 장수한 사람들의 가장 큰 특징 중 하나는 많은 친구가 있었다는 점입니다. 옛날보다 길어진 노후생활을 즐겁게 보내기 위해서도 반드시 있어야 할 것이 마음을 나누고 시간을 함께할 친구입니다. 한 연구에 따르면 평균 여섯 명 정도의 친구를 갖는 것이 적절하다고 합니다. 단지 아는 사람이 아니라 '내 친구'라고 말할 수 있는 사람이 몇 명이나 있습니까?

내부의 빛

인생에서 가장 중요한 것은 당신의 내부에서
빛이 꺼지지 않도록 노력하는 것이다.
안에 빛이 있으면 저절로 밖이 빛나는 법이다.

슈바이처(독일의 의사, 철학자)

인간의 내면에는 누구나 빛을 가지고 있습니다. 우리는 그 빛
이 꺼지지 않도록 늘 점검하고 시간이 지날수록 더욱 환하게 타오
를 수 있도록 가꾸어야 합니다. 빛이 꺼지는 순간, 희망도 꿈도 사
라지고 빈 껍질만 남게 됩니다. 지금 자신의 내면의 빛은 어떤 불
꽃을 가지고 있는지 들여다보십시오.

현명한 사람은 큰 불행을 작게 처리하고,
어리석은 사람은 조그마한 불행도 현미경으로 확대한다.

라 로슈푸코(프랑스의 작가)

『죄와 벌』에서 주인공 라스콜리니코프의 친구인 라주미힌은
고뇌에 빠진 친구에게 이렇게 말합니다. "자네 같은 인간들은 조
그마한 고민이라도 생기면 그것을 닭이 알을 품듯 애지중지 품고
다니더군. 더구나 그럴 때조차도 다른 사람의 작품을 도용한단
말이야!" 가만히 당신의 내면에 거울을 비춰보세요. 당신도 하찮
은 고민을 닭이 알을 품듯 애지중지하고 다니지 않는지를요.

불행이란 스승

인생이란 학교에는 '불행'이란 훌륭한 스승이 있다.
그 스승 덕분에 우리는 더욱 단련되는 것이다.

프리체(러시아의 문예평론가)

　대부분의 사람들은 어떤 난관과 부닥치면 그 충격 때문에 다시는 일어날 수 없을 거라고 생각합니다. 그러나 시간이 지나 충격이 사라지고 사태를 제대로 바라보게 되면 그것은 아무것도 아니라고 여기게 됩니다. 특히 젊은 시절에 궁지에 몰리게 되면 그것은 헤어날 수 없는 큰 위기처럼 느껴집니다. 그러나 시간이 지나서 생각해 보면 그것은 누구나 겪는 성장 과정에 불과하다는 걸 알게 될 것입니다.

로마인은 뭔가 마음에 드는 것이 있으면
그것이 적의 것이라 해도 거부하기보다는
모방하는 쪽을 선택했다.

시오노 나나미(일본의 작가)

『탈무드』에는 이런 글이 있습니다. "세상에서 가장 현명한 사람은 모든 사람으로부터 배울 수 있고, 남을 칭찬하며, 감정을 조절할 수 있는 능력을 가진 사람이다." 내가 싫어하는 사람의 것이라고 해서 무조건 배척하거나 폄하해서는 발전할 수가 없습니다. 설사 적에게서라도 배울 것이 있다면 그 가치를 인정해주고 제대로 배우는 것이 현명한 태도입니다.

사람의 불행과 행복을
좌우하는 것은 비교이다.

금언

경제사학자이자 행복경제학의 창시자로 불리는 리처드 이스
털린 교수는 1946년부터 가난한 나라와 부자 나라, 그리고 사회
주의 국가와 자본주의 국가 등 30여 개국의 행복도를 연구했습니
다. 그 결과 경제적 발전단계와 사회체제와 상관없이 소득이 높은
사람들이 더 큰 행복감을 표시했습니다. 그러나 어느 시점에 이르
면 소득이 늘어나도 행복도가 더 이상 높아지지 않는 현상이 발
생했습니다. 미국의 경우 1971년부터 1991년까지 1인당 국민소득
은 83%나 증가했지만 행복하다고 생각하는 사람은 그 이전보다
오히려 줄어들었습니다. 상대적인 비교를 계속하게 되면 소득이
높아져도 행복감을 느낄 수가 없습니다. 비교하기를 멈추고 지금
가진 것만으로도 행복을 느끼는 것에 초점을 맞추어보십시오.

갖지 못한 것을 소망하느라
가진 것을 망쳐서는 안된다.

에픽테토스(고대 철학자)

가끔은 조용히 눈을 감고 자신이 가진 것을 세어보십시오. 그리고 다른 사람이 가진 것을 부러워하느라 자신이 가진 것을 창고에서 묵히고 있는 것은 아닌지 돌아보십시오.

똑바로 서라

똑바로 서라.
남의 힘을 빌려서라도 똑바로 서라.

마르쿠스 아우렐리우스(로마제국의 황제)

　똑바로 서기 위해서는 나태해지고 안이해지려는 자신과 싸워
야 합니다. 로가우는 "자기 자신과 싸우는 일이야말로 가장 힘겨
운 싸움이며, 자기 자신에게 이기는 일이야말로 가장 값진 승리
다"라고 말했습니다. 우리의 삶을 이루는 하루하루는 외부의 누
군가와 싸우는 것이 아니라 내면의 자신과의 싸움입니다. 당신의
내면을 강하게 단련하여 당신을 쓰러뜨리려는 적과의 싸움에서
이기는 것만이 진정한 승리라고 할 수 있습니다.

어떤 것도 근면함 앞에서는 무너진다.

안티파네스(고대 그리스의 시인)

　근면의 사전적 의미는 '부지런히 힘씀'이라고 되어 있습니다. 쉬지 않고 계속 두드리면 작은 물방울도 바위를 뚫습니다. 알고 보면 수많은 천재들을 만들어낸 생활 습관도 '근면'입니다. 아인슈타인, 에디슨도 근면이 생활의 토대를 이루었습니다. 근면하게 반복하는 것이 생활이 되면 자신도 모르는 사이에 많은 것을 이룰 수 있습니다.

만약 이 세상에 성공의 비결이란 것이 있다면,
그것은 타인의 관점을 잘 포착하여 자신의
입장에서 사물을 볼 줄 아는 재능, 바로 그것이다.

헨리 포드(포드 자동차 창업자)

　세계적인 기업들은 어떻게 성공할 수 있었을까요? 그들의 성
공은 그들이 만들어낸 상품을 구입한 소비자가 있었기에 가능했
습니다. 스티브 잡스는 컴퓨터에 인문학을 적용하여 아이폰을 만
들었고, 아이폰은 시대를 이끄는 아이콘이 되었습니다. 단순히 편
리한 기계를 만드는 것이 아니라 소비자들의 숨은 욕구를 볼 수
있어야 성공할 수 있습니다.

세상이 야속하다고 말하지 말고,
세상에서 없어서는 안 될 사람이 되도록 하라.
세상이 당신을 찾도록 해야 한다.

에머슨(미국의 사상가, 시인)

세상을 원망하고 시절을 한탄할 시간에 자신을 단련하고 재
능을 키우면, 원망했던 바로 그 세상이 당신을 찾게 될 것입니다.

고정관념을 가지고는 남을 뛰어넘을 수가 없다.
즉 구태의연한 사고의 노예가 되어서는 안 된다.

금언

〈월스트리트 저널〉은 고정관념에 대해 아주 재미있는 예를 설명하고 있습니다. 투자에 대해 생각할 때 항상 상대방이 있다는 걸 명심하라고 권합니다. 만일 당신이 지금 주식이나 부동산을 사려고 한다면 왜 상대방은 지금 팔려고 하는지 곰곰이 헤아려봐야 한다는 것입니다. 상대방은 최신 정보로 무장한 주식의 고수이며, 지금은 팔 타이밍이라고 판단했을 수 있습니다. 투자의 대부분은 한 사람이 이익을 얻으면 상대방이 손해를 보는 제로섬 게임입니다. 항상 상대방이 한수 위에서 시장을 바라보고 당신을 이용해 이익을 취하려 한다는 점을 명심하십시오.

마술은 마음속에 있다.

에디슨(미국의 발명가)

　마음이 지옥을 천국으로 만들 수도 있고, 천국을 지옥으로 만들 수도 있습니다. 자신의 인생을 지옥으로 만들고 싶은 사람은 아마 없을 것입니다. 천국을 경험하고 싶은 이들이여! 자기 마음에 마술을 부려 천국을, 즐겁고 찬란한 하루를 만드십시오.

오늘 일은 오늘에

내일 일을 훌륭하게 완수하기 위한 최선의 준비는
오늘 일을 훌륭하게 완수하는 것이다.

앨버트 허버드(미국의 저술가)

　　오늘 해야 할 일을 내일로 미루는 습관에서 벗어나십시오. 우
리가 살고 있는 것은 오늘 하루뿐입니다. 내일은 내일 해가 뜬다
해도 그것은 내일의 해입니다. 내일은 내일의 문제가 우리를 기다
립니다. 오늘 해야 할 일을 미루지 마십시오. 미루는 것은 죽음에
이르는 병입니다.

머리를 너무 높이 들지 마라.
모든 입구는 낮은 법이다.

영국 속담

진정으로 용기가 있는 사람만이 겸손할 수 있습니다. 겸손은
자기를 낮추는 것이 아니라 진정으로 자기를 높이는 것입니다. 어
떤 일이든 좋은 결과를 얻으려면 대가를 지불해야 합니다. 당신이
가장 적게 지불하고 크게 얻을 수 있는 것이 겸손입니다.

산중의 도적을 쳐부수기는 쉽지만
심중의 도적을 쳐내는 것은 어렵다.

왕양명(중국의 유학자)

당신의 마음속에는 어떤 도적이 도사리고 있습니까. 한없이
게으르면서도 성공하고 싶은 마음, 적게 일하고 많이 벌고 싶은
욕심, 단련 없이 강해지고 싶은 마음, 가만히 앉아 명성을 얻고 싶
은 욕망…… 그것들이 곧 퇴치해야 할 도적들입니다.

리얼리스트가 되자.
그러나 가슴속에는 불가능한 꿈을 가지자.

체 게바라(남미의 혁명가)

　무한한 가능성을 가지고도 당장 눈앞에 보이는 것만 고집한
다면 당신의 영혼을 감옥에 가둬두는 것과 같습니다. 당장 사고
를 전환하여 당신을 옭아매고 있는 생각의 감옥에서 탈출하십시
오. 두 발은 땅을 딛고 서되 생각은 자유롭게, 꿈은 크게 펼쳐 나
가십시오.

입과 혀

입은 화의 문이고, 혀는 몸을 베는 칼이다.
입을 닫고 혀를 깊이 간직하면
더없는 편안을 누릴 수 있다.

당시(중국 청대에 편찬된 당시)

　침묵에는 세 가지가 있습니다. 첫째는 말의 침묵, 둘째는 욕망
의 침묵이며, 셋째는 생각의 침묵입니다. 침묵을 지키는 것이 어려
우면 그것에 대한 지각이라도 있어야 합니다. 만약 두 가지를 다
가지고 있지 않으면 그 사람은 불행한 사람입니다.

당신이 생각하는 대로 살아야 한다.
그러지 않으면 어느 순간
당신은 사는 대로 생각할 것이다.

폴 부르제(프랑스의 소설가, 평론가)

'생각하는 대로 살아야 한다'는 말은 삶을 자신의 생각대로 밀고 나가라는 뜻입니다. 조금 힘겹다는 이유로 자신 앞에 펼쳐진 인생에 조종당하며 살다보면 평생 형체도 없는 자신의 그림자를 밟는 삶을 살다가 일생을 마치게 될 것입니다. 목표 의식을 갖고 주변의 평가에 흔들리지 않고 적극적으로 살아야 당신이 의도하는 삶을 살게 됩니다.

어떤 일을 끝내기 전에는
불가능하다고 생각지 말라.

금언

한 스포츠 웨어 회사의 광고에는 불가능에 대해 다음과 같은
글이 있습니다. 불가능, 그것은 나약한 사람들의 평계에 불과하
다. 불가능, 그것은 사실이 아니라 의견일 뿐이다. 불가능, 그것은
영원한 것이 아니라 일시적인 것일 뿐이다. 불가능, 그것은 도전할
수 있는 가능성을 의미한다. 불가능, 그것은 사람들을 용기 있게
만들어주는 것이다. 불가능, 그것은 아무것도 아니다.

지치지 않는 열정, 따뜻한 가슴,
남에게 상처 주지 않는 손길을 가져라.

찰스 디킨스(영국의 소설가)

　그 사람이 얼마나 풍요로운 인생을 사는가는 얼마나 진실된
인간관계를 맺고 있는가에 따라 판가름이 납니다. 그러려면 주변
사람과의 관계를 끊임없이 개선하려는 노력이 무엇보다도 필요합
니다. 간디는 이렇게 말했습니다. "당신의 모습을 발견하는 가장
좋은 방법은 다른 이들을 섬김으로써 당신 스스로에게서 벗어나
는 것이다."

먼 행복을 좇지 말고
발밑의 행복을 가꾸라.

금언

『채근담』에는 행복에 대해 이렇게 정의를 해놓았습니다. "행복은 좇아가 구할 물건이 아니다. 다만 즐거운 표정과 웃음을 띠고 있음으로써 복이 들어오는 것을 근본으로 삼아야 한다. 불행은 언제 어디서 닥쳐올지 모르는 것이다. 또한 불행을 막을 길도 없다. 다만 평소에 남을 해치고자 하는 감정을 없애고 마음을 평온하게 함으로써 불행을 막는 근본으로 삼아야 한다."

행복을 얻는 유일한 방법은
행복을 인생의 목표로 삼지 말고
행복 이외의 뭔가를 목적으로 삼는 것이다.

존 스튜어트 밀(영국의 철학자, 정치경제학자)

철학자인 알랭은 행복의 실체에 대해 이렇게 쓰고 있습니다. "행복, 미래에 있을 듯 생각될 때 잘 생각해 보라. 어쩌면 당신은 이미 행복을 지니고 있을지도 모른다. 기대를 지닌다는 것, 이것이 곧 행복이다." 무언가를 쫓는 데만 열중하다보면 정작 그것을 지나치면서 알아채지 못하고 오직 달려가기에만 매달릴 수 있습니다. 그보다는 즐겁게 달리다보니 어느새 목표에 도달하게 되는 것이 훨씬 낫습니다. 행복도 마찬가지가 아닐까요.

웃음은 나를 위한 것이지만
미소는 상대방을 위한 배려이다.

금언

작은 것을 배려할 줄 아는 사람의 마음속엔 상대방의 마음을
움직이는 마법이 숨어 있습니다. 조그마한 친절, 따뜻한 한 마디
말이 이 세상을 천국으로 만듭니다. 나를 위해 웃고 상대방을 위
해 미소를 지어보세요.

행운은 스스로 운이 좋다고 믿을 때 찾아온다.

테네시 윌리엄스(미국의 극작가)

당신이 행운을 맞아들이기로 마음먹었다면 먼저 지금껏 당신이 이룬 것들에 감사해야 합니다. 건강, 가정, 가족의 사랑, 자신의 재능과 기술에 감사한다면 잠시 찾아온 불행에 괴로워하거나, 일이 뜻대로 되지 않는다고 포기하거나 실망하지는 않을 것입니다. 감사는 마음을 여유롭게 해주고 자신에게 찾아오는 행운의 분명한 유형을 알게 하고, 더 많은 행운을 만드는 데 주력할 수 있게 해줍니다.

능숙해지는 법

서투르다는 말을 언제까지나 듣고 사는 사람은 없다.
서툰 경험이 쌓이고 쌓이다보면 능숙해진다.

나카타니 아키히로(일본의 작가)

　무슨 일이든 처음 시작할 때는 서툽니다. 그러나 그것을 계속
하다 보면 어느새 능숙하게 그 일을 처리할 수 있게 됩니다. 조금
힘들다고 해서 하던 일을 포기하게 되면 매번 이 일 저 일을 전전
하면서 평생 서투른 일꾼으로 남게 될 것입니다.

좋은 일을 생각하면 좋은 일이 생긴다.
나쁜 일을 생각하면 나쁜 일이 생긴다.
여러분은 여러분이 하루 종일 생각하고 있는
바로 그것의 조합이다.

조셉 머피(아일랜드의 철학자, 법학자)

　기대나 예측이 실제로 이루어지는 것을 피그말리온 효과라고
부릅니다. 이것은 마법 같은 주문이 아니라 심리적인 결과물로서
누구나 한 번쯤 경험했던 일일 것입니다. 스스로 성공을 꿈꾸면
성공하게 되고, 실패를 예측하면 실패하게 되는 것은 너무나 당
연한 일이니까요. 당신 스스로를 믿어보세요. 물론 성공을 믿는
다고 해서 그것이 저절로 이루어지는 것은 아닙니다. 믿고 바라면
믿는 대로, 바라는 대로, 행동하게 되는 것입니다.

놓아버림

슬픔의 새가 머리 위를 나는 것을 막지는 못하지만
당신의 머리털 속에 둥지를 트는 것은 막을 수 있다.

중국 속담

셰익스피어는 이렇게 말했습니다. "선과 악의 실체는 없다. 다만 생각이 그렇게 만들 뿐이다." 우리 인간은 생각을 함으로써 놀라운 발전을 이루어왔지만 머릿속에서 지워버려야 할 것들 역시 너무나 많이 담아둠으로써 스스로를 괴롭히고 있습니다. 살아가는 데 걸림돌이 되는 것들은 놓아버리는 연습을 해야 합니다.

세상을 바라보는 방식이
그 사람의 운명을 결정한다.

슈바이처(독일의 의사, 철학자)

　지금 당신이 안고 있는 고민으로 살이 마를 것 같든, 머리카락이 술술 빠질 것 같든, 그것은 당신의 인생 전체를 대체할 만큼 큰 문제는 아닙니다. 사람들이 사고의 함정에 빠지는 이유는 만사를 너무 심각하게 받아들이기 때문입니다. 사람들이 특정 시각이나 관점에 고착되는 이유는 결과에 대해 걱정하도록 뇌가 프로그램화되어 있기 때문입니다. 그 프로그램을 바꾸려면 생각하는 습관과 세상을 보는 습관과 세상을 보는 방식을 바꾸어야만 합니다. 그러면 인생도 따라 바뀔 것입니다.

스스로 만드는 덫

고정관념에 매달려 있다보면
그것이 옳다는 사실을 증명할 기회를
자꾸만 스스로 만들어내게 된다.

앤드류 매튜스(호주의 작가)

코끼리는 새끼일 때 작은 말뚝에 묶였던 경험 때문에 도망갈 수 없다는 생각을 평생 간직하고 산다고 합니다. 코끼리보다 영리한 당신은 왜 고정관념의 말뚝에서 벗어나지 못할까요? 당신을 묶어놓은 말뚝은 정말 보잘것없는 것입니다. 당장 거기서 헤어나십시오. 그러면 같은 문제도 다르게 볼 수 있게 되어 인생 자체가 바뀔 것입니다.

조금만 더 자고, 조금만 더 졸고,
조금만 더 손을 모으고 쉬려는 이에게는
가난이 강도처럼 밀어닥치고
빈곤이 군사처럼 몰려올 것이다.

금언

예부터 손을 게을리하면 가난하게 되고 손을 부지런히 놀리면 부유해진다고 했습니다. '조금만 더'의 끝은 없습니다. 오늘 할 일을 내일로, 지금 얻을 수 있는 것을 다음으로 미룰 뿐입니다. 그러는 동안 가난이 뿌리를 내리고 자리를 잡게 될 것입니다.

새로운 일을 시작할 때 우리는 고향을 떠나지 않으면
안 될 때 느끼는 감정을 갖는다.
머물던 곳이 유달리 사랑하는 고향은 아니지만
그래도 정들었고 안전한 장소이기 때문이다.

카프카(독일의 작가)

　인생이란 수많은 선택의 순간과 맞닥뜨리면서 자신의 한계를
넓혀가기 위해 끊임없이 노력하는 과정이라고 할 수 있습니다. 익
숙한 것과 결별하지 않으면 성장할 수도, 발전할 수도 없습니다.

물고기는 언제나 입으로 낚인다.
인간 역시 입으로 걸린다.

탈무드

　『탈무드』에는 생각의 중요성에 대해 다음과 같은 내용의 글이
있습니다. "무례한 농담이 지나치게 사실에 기초하고 있으면 쓰라
린 기억을 남기게 마련입니다. 생각을 조심하세요. 왜냐하면 그것
은 말이 되니까요. 말을 조심하세요. 왜냐하면 그것은 행동이 되
니까요. 행동을 조심하세요. 왜냐하면 그것은 습관이 되니까요.
습관을 조심하세요. 왜냐하면 그것은 인생이 되니까요."

나쁜 운, 좋은 운

궁핍한 사람에게 필요한 약은 희망이며,
부유한 사람에게 필요한 약은 오직 근면뿐이다.

셰익스피어(영국의 극작가)

모든 사람은 나쁜 운과 좋은 운을 동시에 지니고 있습니다. 즐
겁게 일할 수 있는 시간은 좋은 운이 왔을 때입니다. 따라서 열심
히 일하는 사람에게는 나쁜 운이 들어올 틈이 없습니다. 운이 나
쁘다고 말하기 전에 최선을 다했는지를 돌아보십시오.

좀은 옷을 좀먹고,
비탄은 마음을 좀먹는다.

러시아 속담

미국의 제16대 대통령인 링컨은 어릴 때 지독한 가난을 경험했습니다. 겨울이면 늘 팔꿈치가 그대로 드러나는 낡은 옷을 입었고, 발가락이 나오는 헌 구두를 신었습니다. 그러나 소년 시절의 그런 고생은 용기와 희망과 근면을 배우는 교육의 장이 되어 그를 미국 최고의 대통령으로 만들었습니다. 힘겨운 상황에 맞닥뜨린 그는 비탄 대신 용기와 희망을 온몸에 채웠던 것입니다.

아이디어를 잡아라

느닷없이 떠오르는 생각이야말로
정말 귀중한 것으로, 반드시 메모해둬야 할
가치가 있는 것이다.

프랜시스 베이컨(영국의 철학자, 정치가)

　　보통 맥주 1000CC 정도를 마셨을 때 최고조의 스윗스팟(클럽이나 라켓 등의 공에 맞으면 가장 잘 날아가는 부분을 말함)을 맛볼 수 있다고 합니다. 사람들과 만나 어느 정도 분위기가 농익으면 농담의 수준은 무르익고, 기억은 아직 멀쩡한 상태가 됩니다. 이런 때가 긴장을 풀고 복잡한 생각의 굴레에서 빠져나가기에 가장 좋은 때입니다. 순간적으로 참신한 아이디어가 떠오르기도 합니다. 명심할 것은 좋은 아이디어가 떠올랐을 때 아이디어가 맥주잔에 빠지지 않게 반드시 메모할 준비를 해두어야 한다는 것입니다.

제 4 장

나에게
용기를 주는 말

실패를 맛본 사람만이
차별성, 개성, 영혼의 성장을 경험한다.

마티아스 호르크스(독일의 저술가)

성공이란 우리가 인생에서 도달한
위치가 아니라 성공하려고 노력하는 동안
우리가 극복한 장애물들로 측정된다.

조지 워싱턴(미국의 초대 대통령)

기네스북에 열두 번이나 오른 세일즈맨인 조 지라드는 말했습
니다. "성공으로 가는 엘리베이터는 고장입니다. 당신은 계단을 이
용해야만 합니다. 한 계단 한 계단씩!"

칭찬이 의욕을 부른다

사람은 누구나 칭찬 받을 때
뭔가를 하고 싶은 의욕이 더욱 왕성해진다.

금언

　'칭찬은 고래도 춤추게 한다'고 하지 않습니까? 칭찬과 격려는
어느 대상에게나 긍정적인 효과를 가져다주는 건 사실입니다. 나
무를 심을 때조차도 격려의 말 한 마디를 해준 것과 그러지 않은
나무 사이에는 성장에 차이가 난다고 합니다. 격려, 용기, 기운을
북돋아주는 말들은 인간의 실행력을 확실히 높인다고 증명이 되
었습니다.

관용은 인내의 다른 말이다.

금언

"어떤 일이 있어도 절대 포기하지 마십시오!"라고 외친 처칠의 연설은 이렇게 이어집니다. "우리는 역경으로부터 미래의 힘을 키울 방법을 배워야 합니다. 과거와 현재가 싸우도록 내버려두면 미래를 잃게 될 것입니다. 나는 여러분에게 피, 수고, 눈물 그리고 땀밖에 드릴 것이 없습니다. 모든 고귀한 것에는 대가를 지불해야 합니다. 그 대가는 인내와 관용입니다." 인내와 관용 없이는 성공이란 달콤한 결과물을 기대할 수 없습니다.

기회를 잡는 자

당신이 꿈꿀 수 있다면,
당신은 그것을 성취할 수도 있다.
기회는 준비하는 자에게 온다.

월트 디즈니(미국의 영화 제작자)

디즈니는 어릴 때부터 낙서나 그림 그리기를 좋아했습니다. 어느 날 그는 실수로 부엉이를 밟아 죽이고 나서 동물에게 미안한 마음이 생겨 동물만화를 그리기로 했는데, 주인공으로 쥐를 택했습니다. 그는 보기에도 끔찍한 쥐를 말할 수 없이 사랑스러운 동물로 만들기로 작정했습니다. 그래서 탄생한 것이 저 유명한 미키마우스입니다. 자신의 경험과 다짐을 잊지 않고 지속적으로 연구함으로써 성공을 이끌어낸 것입니다.

모든 일에는 때가 있다.

성경 잠언

　중요한 시점을 놓쳐버렸다고 해서 낙담하지 마십시오. 알고 보면 당신이 찾아와주길 기다리는 기회는 널려 있습니다. 당신이 움켜잡으면 될 기회들 말입니다. 모든 일에는 때가 있을 뿐입니다. 그러니 선입견을 버리고 새로운 기분으로 주변을 둘러보십시오.

찾는 자가 얻는다

일이란 기다리는 사람에게 갈 수도 있으나
끊임없이 찾아나서는 자만이 획득한다.

링컨(미국의 16대 대통령)

　볼테르는 "노동은 인간의 세 가지 악, 즉 권태와 비행, 궁핍을
덜어준다"고 했습니다. 게다가 노동은 잡념에서 해방되게 하는 마
법을 지니고 있기도 합니다. 모든 일의 성공은 그 일을 실행하는
사람의 마음가짐과 실행력에 달려 있습니다.

고난의 한복판에 기회가 있다.

아인슈타인(미국의 물리학자)

아인슈타인은 고난이 닥쳤을 때는 이렇게 하라고 우리에게 충고하고 있습니다. "문제가 발생한 시점에서 그것을 해결하려고 하면 절대 불가능하다. 중요한 것은 관점의 전환이다. 문제를 바라보는 관점을 전환시키면 고난 가운데 기회가 보일 것이다."

첫 고비

사람들은 첫 고비를 두려워하기 때문에
능히 해낼 수 있는 일을 하지 않는다.

채근담

　모든 기회에는 어려움이 있으며, 모든 어려움에는 기회가 있습니다. 어려운 난관이 닥쳤을 때, 뛰어난 지도력을 지닌 사람은 최악의 상황을 최대한으로 이용합니다. "허리띠를 졸라매는 회사의 주식을 매수하라"는 주식 격언이 있습니다. 큰 위기를 겪은 회사일수록 용수철처럼 튀어오르는 힘 역시 강합니다.

기회가 두 번 문을 두드린다고 생각하지 마라.

샹폴(프랑스의 잠언가)

그리스에 가면 희한한 동상이 하나 있습니다. 사람 같기도 하고 짐승 같기도 한 애매모호한 동상입니다. 그런데 동상 가까이 가서 글귀를 읽다보면 누구나 고개를 끄덕일 수밖에 없습니다. 앞머리 숱은 무성하고, 뒷머리는 대머리이며, 발에는 날개가 달린 동상 아래에는 이런 구절이 적혀 있습니다. "앞머리가 무성한 이유는 나를 봤을 때 쉽게 붙잡을 수 있도록 하기 위해서이고, 뒷머리가 대머리인 이유는 내가 지나가면 다시는 붙잡지 못하도록 하기 위해서이다. 발에 날개가 달린 이유는 최대한 빨리 사라지기 위해서이다. 나의 이름은 '기회'이다."

하루의 3분의 2를 스스로를 위해 쓰지
못하는 자는 노예에 지나지 않는다.

니체(독일의 철학자)

　현대인은 누구나 시간이 없다고들 합니다. 그러나 그렇게 바쁘게 지나가는 시간 중에 정작 자신을 위해 사용하는 시간은 얼마나 될까요. 늘 시간에 쫓기며 사는 이유는 무엇 때문일까요. 지금 자신의 시간을 어떻게 사용하고 있는지 점검해보세요.

할 수 있다고 하라

누군가가 어떤 일을 할 수 있느냐고 물으면
그 자리에서 할 수 있다고 대답하라.
그리고나서 그 일을 어떻게 해내야 할 것인지
최선을 다해 연구하라.

루스벨트(미국의 26대 대통령)

　인간은 일단 자신의 일이라고 생각하면 방법을 생각해내게 되어 있습니다. 누구든 분명한 목적을 갖고 일을 해나가다 보면 자신의 한계를 뛰어넘는 일도 해낼 수 있습니다. 이는 목적에 열정이 가해지면서 온 우주가 그 목적을 위해 작동하기 때문입니다.

편견을 버리기에 이른 때는 없다.

금언

　편견은 벗어나기 힘듭니다. 그래서 한정된 틀에 자신을 가두
기도 하고 다른 사람을 잘못 규정하기도 하며, 그로 인해 새로운
기회를 잃게 되기도 합니다. 편견에서 자유로워지면 새로운 하나
의 세계가 더 열릴 수도 있습니다.

공이 오면 슈팅하라!

나는 골을 넣지 못하는 이를 책망하지 않는다.
다만 두려워서 슈팅하지 않는 자를 책망한다.

히딩크(세계적인 축구감독)

　『인생 수업』이란 책에는 다음과 같은 구절이 있습니다. "많은 결혼식에 가서 춤을 추면 많은 장례식에 가서 울게 된다. 많은 시작의 순간이 있었다면 그것들이 끝나는 순간이 있을 것이다. 당신에게 친구가 많다면 그만큼의 많은 헤어짐을 경험하게 될 것이다. 자신이 느끼는 상실이 크다고 생각된다면 인생에서 그만큼 많은 것을 시도했기 때문이다. 많은 실수를 했다면, 아무것도 하지 않고 산 것보다 잘한 것이다."

꽃피는 시기

우리는 절대 '너무 늦었어'라고 해서는 안 된다.
새로운 시작을 위한 시간은 언제나 있다.

금언

　3월에 피는 꽃이 있고 8월에 피는 꽃이 있듯이 사람도 피는 시기가 다를 뿐, 새로운 일을 시작할 시간이 정해져 있는 것은 아닙니다. 52세 때 들른 한 햄버거 가게의 독특한 판매방식을 눈여겨본 뒤 맥도날드를 세계적인 체인사업으로 키운 레이 크록, 40세 때 일회용 면도기 아이디어를 창안해 회사를 설립한 킹 램프 질레트, 44세에 대형 할인점인 월마트를 시작한 샘 월턴 등은 모두 늦었다고 생각하는 나이에 사업을 시작하여 큰 성공을 거둔 사람들입니다.

창조적인 일을 함으로서
인간은 비로소 행복해질 수 있다.

알랭(프랑스의 철학자)

　삶의 최고의 순간을 글로 표현한다는 것은 쉽지 않습니다. 창
조 역시 그렇습니다. 그저 믿음을 가지고 뛰어보는 것! 그것이 바
로 창조입니다. 당신이 재미있고 즐거워지면 스스럼없이 자신을
표현할 수 있는 용기가 생깁니다. 이때 당신 안에 잠자고 있는 창
조적인 천재성이 살아나는 것입니다.

작은 일을 훌륭하게

훌륭한 일을 할 수 없다면
작은 일을 훌륭하게 하라.

나폴레온 힐(미국의 저술가)

구프리는 말했습니다. "배를 만드는 자들에게 아무것도 시키지 말아라. 그저 바다만 보여주어라." 이 말은 뭔가 일을 하기 전에 마음에 큰 그림을 먼저 그리라는 뜻입니다. 그런 다음에는 작은 일부터 차근차근 하십시오. 작은 일을 훌륭하게 해내는 사람이 큰 일도 잘 해낼 수 있습니다.

사회는 원하지 않는 사람에겐
어떤 것도 주지 않는다.
산은 오르는 자에게만 정복된다.

알랭(프랑스의 철학자)

준비된 자만이 기회를 잡을 수 있고, 원하는 자가 얻을 수 있습니다. 그러나 가만히 앉아서 생각만 한다고 원하는 것이 손에 들어오지는 않습니다. 일단 오르고 싶은 산을 정했다면 그에 맞는 장비를 갖추고 산을 향해 나아가야 합니다. 발을 내디디는 것 그것이 가장 중요합니다.

확신을 가지고 일을 시작한다면
의심을 하면서 일을 끝내게 될 것이다.
그러나 의심을 품고 시작한다면
확신을 갖고 그 일을 끝낼 것이다.

프랜시스 베이컨(영국의 철학자, 정치가)

여기에서 의심한다는 것은 일을 하기 전에 여러 가지 사전조사를 철저히 하라는 뜻에서 하는 말입니다. 어떤 일을 시작할 때 아무런 조사도 하지 않고 무조건 긍정적으로만 바라보고 일을 진행하면 실패할 확률이 높습니다. 그러나 일을 진행하는 데서 생길 수 있는 여러 문제점들을 미리 조사하고 대비해나간다면 실패율을 최소한으로 줄일 수 있습니다.

성공을 위한 모든 조건 중에서
가장 중요한 요소는 타이밍이다.

금언

아무리 엄청난 특종기사도 때를 놓치면 아이스크림처럼 녹아
버리는 것이 세상의 이치입니다. 홈런도 야구방망이와 공의 타이
밍에서 결정된다고 하지 않습니까? 결단해야 할 때 결단하지 않
으면 녹은 아이스크림이 되고 맙니다. 그러니 때가 왔을 때는 주
어진 기회가 아이스크림처럼 녹아버리지 않도록 잘 이용해야 합
니다.

칭기즈 칸의 조건

집안이 나쁘다고 탓하지 마라.

나는 아홉 살 때 아버지를 잃고 마을에서 쫓겨났다.

가난하다고 투덜대지 마라. 나는 들쥐를 잡아먹으며

연명했고, 목숨을 건 전쟁이 내 직업이고 일이었다.

작은 나라에서 태어났다고 투덜대지 마라.

나는 그림자 말고는 친구도 없었고, 병사가 10만,

백성은 어린아이까지 합쳐 2백만도 되지 않았다.

배운 게 없고 힘이 없다고 탓하지 마라.

나는 내 이름도 쓸 줄 몰랐으나

남의 말에 귀를 기울이면서 현명해지는 법을 배웠다.

너무 막막하다고 포기하지 마라.

나는 목에 칼을 쓰고도 탈출했고,

뺨에 화살을 맞고 죽었다 살아나기도 했다.

적은 밖에 있는 것이 아니라 내 안에 있었다.

나는 내게 거추장스러운 것은 깡그리 쓸어버렸다.

나를 극복하는 순간 칭기즈 칸이 되었다.

칭기즈 칸(몽골의 통치자)**의 어록**

성공하려고 마음을 먹었다면 자신의 처지를 비관하는 것부터 중단해야 합니다. 칭기즈 칸은 집안도 보잘것없었고, 지독하게 가난했고, 작은 나라에서 태어났고, 이름조차 쓸 수 없을 정도로 배우지 못했으나 남의 말에 귀를 기울이면서 현명해지는 법을 배웠습니다. 그리고 그가 깨달은 것은 적은 자기 자신 안에 있다는 사실이었습니다. 그는 자신의 내면에 있는 거추장스러운 것들을 모두 버렸습니다. 그리고나서 비로소 칭기즈 칸으로 우뚝 섰습니다.

인생을 사는 동안 가장 큰 기쁨은
당신은 못 해낼 것이라고 세상이 말한 것을
해냈을 때이다.

루스벨트(미국의 26대 대통령)

　네 손가락, 짧은 다리, 낮은 지능의 희아는 피아니스트로서는
너무 많은 약점을 지니고 있었습니다. 그런 희아를 피아니스트로
키워낸 건 바로 어머니 우갑선 씨입니다. 딸의 불가능한 신체조건
때문에 피아노에 도전했다는 어머니! 불가능은 도전을 위해 거기
에 있었던 것입니다.

불굴의 도전, 모험정신!
이것으로 누구나 다 성공할 수 있는 것은 아니다.
그 이면에는 치밀한 검토와 확고한 신념이 있어야 한다.

정주영 (현대그룹 창업자)

오스트리아 출신의 청년 피터 드러커가 독일 프랑크푸르트의 한 신문사에서 사회생활을 시작했을 때 국장은 그가 쓴 첫 칼럼을 내던지며 이렇게 말했다고 합니다. "형편없어! 제대로 안 할 거면 당장 때려 치워! 계속 그따위로 할 거면 다른 직장을 찾아보라고." 그는 충격을 받았지만 주눅 들지 않고 정말 제대로 해보기 위해 필사적으로 노력했다고 합니다. 그 결과 그는 미국 뉴욕대 교수를 거쳐 세계적인 경영학자가 되었습니다.

세상에 '잡일'이란 없다.
자신의 일을 대충 했을 때
그 일이 잡일이 되는 것이다.

요코(일본의 저술가)

　자신에게 잡무만 맡긴다고 불평하지 마십시오. 주어진 일을
최선을 다해 해내면 아주 작은 일이라도 아주 중요한 일처럼 만들
수 있습니다. 그러는 사이 당신의 평가가 달라져 있을 것입니다.

최선을 다하면 일이 재미있어지고
일이 재미있어지면 노력하게 된다.
그것이 진정한 노력이다.

구로사와 아키라(일본의 영화감독)

에디슨은 전구를 발명하기 위해 9999번이나 실험을 했으나 잘
되지 않았습니다. 그러자 친구가 실패를 1만 번째나 되풀이할 셈
이냐고 물었습니다. 에디슨이 대답했습니다. "나는 에디슨이다."
그는 자신이 원하는 것을 하고 있으므로 9999번의 실패는 아무것
도 아니라고 생각했기 때문에 전구를 발명할 수 있었습니다.

독창적인 아이디어란?

적어도 한 번 이상
다른 사람들에게 비웃음당하지 않는 아이디어는
결코 독창적이라 할 수 없다.

빌 게이츠(마이크로 소프트사 창업자)

모두가 좋다고 하는 아이디어는 별 특징이 없는 진부한 것일
수 있습니다. 오히려 사람들의 비웃음을 당하는 아이디어야말로
세상을 놀라게 할 발명품이 될 수 있습니다.

실패를 맛본 사람만이
차별성, 개성, 영혼의 성장을 경험한다.

마티아스 호르크스(독일의 저술가)

일본의 내셔널 파나소닉의 창시자 마쓰시다 고노스게는 자신에게는 하늘이 준 세 가지 은혜가 있다고 말했습니다. "첫째로 가난한 집안에서 태어났기 때문에 부지런히 일해야 살 수 있다는 진리를 깨달았고, 둘째로 약하게 태어났기 때문에 건강의 소중함을 깨달아 90세까지 건강을 누릴 수 있었으며, 셋째로 초등학교도 졸업하지 못했기 때문에 이 세상의 모든 사람을 스승으로 삼았던 것이다. 이것이야말로 내가 성공할 수 있었던 비결이다."

단순한 정리법

집 안에는 필요한 것과 아름다운 것만 남겨라.

윌리엄 모리스(영국의 장식 예술가, 사상가)

　사실 우리는 필요 이상으로 타인의 시선에 신경을 쓰고 삽니다. 남들이 하는 것들을 나도 해야 하고, 남들이 먹는 걸 나도 먹어야 한다는 생각을 하지요. 그런데 거기엔 정작 내가 원하는, 나만의 삶은 없고 공허한 소비만이 남기 마련입니다. 남의 기준을 맞추기 위한 인생을 사는 것이 아니라면, 자신이 원하는 즐거움을 위해, 보다 의미 있고 가치 있는 곳에 돈을 써야 하지 않을까요?

결점을 매력으로 승화시켜
다른 사람의 마음을 사로잡는 데 써라.

발타자르 그라시안(스페인의 사상가)

결점이 없는 사람은 없습니다. 그러나 결점을 숨기려고만 하면 더욱 흉하게 두드러질 뿐입니다. 오히려 결점을 개성으로 생각하거나 자신있게 드러낼 수 있는 자신의 일부로 생각한다면, 그 결점이 오히려 자신만이 가진 매력으로 빛날 것입니다.

만약 A가 성공이라면 성공의 공식은 A=X+Y+Z이다.
X는 일하는 것이고, Y는 노는 것이며,
Z는 입 다물고 있는 것이다.

아인슈타인(미국의 물리학자)

아인슈타인은 당신이 진정 성공하고 싶다면 열심히 일하고, 즐겁게 논 뒤, 내면의 자기 자신과 대화를 나누라고 권합니다. 이 공식을 지킨다는 것은 어찌 보면 굉장히 쉬울 것 같지만 만만치 않은 노력이 필요합니다. 자신의 마음을 완벽하게 다스릴 수 있어야 가능한 일이니까요.

아이들은 어른의 말은 귀담아 듣지 않지만
행동은 꼭 따라 한다.

제임스 볼드윈(미국의 소설가)

　한 가정을 알려면 자녀들의 언행을 보면 된다고 합니다. 열매를 보면 나무를 알 수 있듯이 대부분의 아이들의 행동에는 자기 부모의 언행과 심리 상태가 그대로 반영되어 있다고 할 수 있습니다. 아이들은 무의식적으로 부모를 따라 행동하는 습관이 있기 때문입니다.

그대들이 무엇을 하든 개의치 않겠다.
그러나 무슨 일을 하든 일인자가 되라.
설혹 하수도 인부가 되는 한이 있더라도
세계 제일의 하수도 인부가 되라.

케네디(미국의 35대 대통령)

제너럴 일렉트릭을 다른 기업과 차별화시켜주는 핵심 가치는 바로 '배운다'입니다. 제너럴 일렉트릭은 1등이 되기 위해 배워나 갔습니다. 그리고 배운 것을 자기 것으로 체화시켜 나갔습니다. 세계 최대 인사·조직관리 컨설팅 그룹인 타워스페린사의 마크 맥 터스 회장은 이렇게 말했습니다. "성공하는 사람은 기업에서 가장 필요로 하는 핵심 전문 기술이 무엇인지 파악하여 목표를 향해 한 발짝 다가가는 사람입니다. 그들의 주요한 특징은 대학 졸업 후에도 끊임없는 자기계발과 지식 습득으로 해당 분야의 전문가 로 거듭난다는 것입니다."

'재능'이란 지속할 수 있는 열정이다.

모파상(프랑스 작가)

파울로 코엘료가 쓴 『연금술사』란 책에는 이런 글이 있습니다. "이 세상에는 위대한 진실이 하나 있어. 무언가를 온 마음을 다해 원한다면 반드시 그렇게 된다는 거야. 무언가를 바라는 마음은 곧 우주의 마음으로부터 비롯되었기 때문이지. 그리고 그것을 실현하는 게 이 땅에서 자네가 맡은 임무라네." 당신이 이 땅에서 맡은 임무는 무엇입니까.

박식한 사람, 현명한 사람

타인을 아는 자는 박식하고
자신을 아는 자는 현명하다.

금언

자신을 아는 것은 쉬운 일이 아닙니다. 자신이 뭘 원하고 있는 지를 아는 것도 쉽지 않습니다. 그래서 엉뚱한 것을 원하기도 하고, 정작 그것이 이루어졌을 때에는 진정한 기쁨을 느끼지도 못하게 됩니다. 박식한 사람보다는 현명한 사람이 되는 것이 행복하게 사는 방법입니다.

행복의 비결은 포기해야 할 것을
일찌감치 포기하는 것이다.

앤드류 카네기(미국의 기업가)

　무리한 일을 억지로 하고 있다면 조금이라도 빨리 포기하는 것이 현명합니다. 일이 상당히 진행된 후에 모든 사실을 알았더라도 미련 없이 포기하는 것이 낫습니다. 지금까지 들인 비용이 아까워 계속 끌고나가는 것은 오히려 더 큰 실패를 부르고 새로운 기회마저 잃게 만듭니다.

교육이 하는 일

교육이란 알지 못하는 것을 가르치는 것이 아니라
행동하지 않는 사람에게 행동하게끔 가르치는 것이다.

마크 트웨인(미국의 소설가)

　"항구에 정박되어 있는 배는 안전할지 몰라도 정박시켜 놓으
려고 만든 게 아니다."라고 윌리엄 셰드는 말했습니다. 지식만 알
고 있을 뿐 아무런 행동을 하지 않으면 어떤 결과물도 얻을 수 없
습니다. 우리 인류가 지금과 같은 발전을 이룬 것은 수많은 사람
들이 신념을 갖고 도전적인 삶을 살았기에 가능했던 것입니다.

그대가 원하는 것은 무엇이든지
나에게 청할 수 있지만 시간만은 안 된다.

나폴레옹(프랑스의 황제)

롱펠로는 말했습니다. "시간이란 무엇인가? 숫자판에 윤곽이 드러나는 것, 시보를 알리는 소리, 모래시계의 모래가 떨어지는 것, 낮과 밤, 여름과 겨울, 달, 해, 세기…… 이런 것은 단지 외형상의 기호이자 시간의 단위이지 시간 그 자체는 아니다. 시간은 영혼의 삶이다. 과거를 씁쓸하게 바라보지 마라. 과거는 다시는 되돌릴 수 없다. 현재를 현명하게 활용하라. 그것이 당신이 할 수 있는 최선의 길이다. 불분명한 미래를 두려워 말고 강인한 마음으로 맞이하라."

한 인간에 대한 최종 평가는
안락하고 편안할 때 어디에 있었느냐가 아니라
도전하고 논쟁할 때 어디에 있었느냐에 달려 있다.

마틴 루터 킹(미국의 인권운동가)

　감옥에 있는 동안 인류의 귀중한 문화유산을 남긴 사람들이 종종 있습니다. 존 버니언이 그랬고, 장 빅토르 퐁슬레가 그랬습니다. 그들이 감옥에서 살아남을 수 있었던 것은 힘든 상황에서도 자신이 할 수 있는 일을 찾았고, 도전정신을 잃지 않았기 때문입니다. 인간은 안락할 때보다 역경 속에 있을 때 그 사람의 본질이 드러납니다.

장수한 사람이란
가장 긴 세월을 살아온 사람이 아니라
가장 뜻깊은 인생을 체험한 사람이다.

루소(프랑스의 철학자, 교육학자)

뜻깊은 인생을 산다는 것은 무엇일까요? 한 여론조사 기관에서 90세 이상 된 노인들에게 무엇이 가장 후회가 되는지, 다시 젊음을 되찾는다면 무엇을 가장 해보고 싶은지 물었다고 합니다. 그러자 그들은 한결같이 '모험을 해보지 못한 것'이라고 대답했습니다. 모험, 도전! 당신이 겁내면서 미루고 있었던 게 바로 이것이 아닐까요?

고민은 언제 생기나

고민은 어떤 일을 시작해서 생기기보다는
할까 말까 망설일 때 머릿속에 자리를 잡는다.

버트런드 러셀(영국의 철학자)

　　오늘날 인류가 겪는 가장 큰 스트레스는 자신의 어떤 점을 바꾸어야 하고, 어떤 점을 바꾸지 않아도 되는지 모른다는 데 있습니다. 이런 혼란 속에서 어렵게 뭔가를 결심한 후에도 마음은 여전히 복잡합니다. 이제 흔들리는 이유를 찾아보세요. 결정은 결단을 필요로 하는데, 당신이 변화를 원치 않는다면 차라리 현재의 상황을 받아들이고 즐기십시오.

자기연민은 최대의 적이며 거기에 굴복하면
이 세상에서 현명한 일은 아무것도 할 수 없다.

헬렌 켈러(미국의 교육자)

각 분야의 정상에 있는 사람들 대부분은 자신의 잠재력을 계발해낸 사람이라고 할 수 있습니다. 그러나 이런 잠재력 계발은 저절로 이루어지는 것이 아닙니다. 자신의 능력으로는 불가능해 보이는 일을 강요받지 않으면 최고를 이루어내기가 힘듭니다. 그리고 진정한 프로가 되려면 자신이 하는 일이 세상에서 가장 중요하다는 믿음이 있어야 합니다. 그래야 일이 재미도 있고, 그 일에 경쟁력도 생기고, 전심전력을 다해 일할 수 있습니다.

결단을 내리면 즉시 실행하라.
시간이 지나면 김이 새어나가게 마련이다.

손자병법

　당신이 정한 목표를 향한 일을 지금 시작하지 않으면 앞으로
도 불가능합니다. 당장 보고 싶은 사람에게 전화를 걸고, 스포츠
댄스를 시작하고, 대학원 공부를 시작하세요. 당신은 희망 속에
존재하는 것이 아니라 지금 이 순간에 존재합니다.

사랑이 옅어지는 곳에 허물이 쌓인다.

금언

　인간관계는 변하게 마련입니다. 사랑하면 모든 것이 아름답게
만 보입니다. 그러나 사랑이 식어가면 그동안 장점이었던 것조차
단점으로 돌변합니다. 그 사람이 아니라 자신이 변했기 때문입니
다. 그것을 인정하면 악화된 관계가 쉽게 풀릴 수 있습니다.

행복의 원칙은
첫째, 어떤 일을 할 것,
둘째, 어떤 사람을 사랑할 것,
셋째, 어떤 일에 희망을 가질 것!

칸트(독일의 철학자)

희망은 마치 독수리의 눈빛과도 같습니다. 항상 닿을 수 없을
정도로 아득히 먼 곳만 바라보고 있기 때문입니다. 하지만 진정
한 희망은 바로 당신 스스로를 신뢰하고 자신이 선택한 일을 하
는 것입니다. 자신감을 잃지 마십시오. 행운은 용기가 있는 사람
을 따릅니다.

그대가 할 일은 그대가 찾아서 하라.
그러지 않으면 그대가 해야 할 일이 끝까지
그대를 찾아다닐 것이다.

버나드 쇼(아일랜드의 작가)

　어느 정도 사회 경험을 쌓은 후 주변을 둘러보면 인생에 휘둘리면서 살아가는 사람과 자신의 뜻대로 살아가는 사람이 있다는 걸 알 수 있습니다. 현대 사회의 조직이 요구하는 인재는 시키는 일만 하는 사람이 아니라 자기 스스로가 해야 할 일을 찾아서 하는 사람입니다. 일에 쫓기거나 치이지 말고 일을 이끌어나가십시오.

강한 자존감은
당신을 비굴해지지 않도록 해줄 것이고,
당신이 세상과 맞서 싸울 때
당신의 행동에 대해 확신을 줄 것이다.

버트런드 러셀(영국의 철학자)

　피천득은 자존감에 대해 이렇게 말했습니다. "모든 걸 버려도
나를 버릴 수는 없다는 그 자신에 대한 자존감, 물질은 포기해도
나는 포기할 수 없다는 마음일세."

우리는 꿀을 다루듯이 쾌락을 다루어야 한다.
쾌락과 꿀은 식상하지 않도록 손가락 끝을 살며시
갖다 대야지 손 전체를 담가서는 안 된다.

프랜시스 베이컨(영국의 철학자, 정치가)

　사람이 쾌락을 알 때 쾌락은 이미 그 고개를 넘어서고 있습니다. 그리고 어느새 비애가 그 고개에 이릅니다. 사람은 쾌락 뒤에 올 비애를 늘 생각하고 행동해야 합니다.

쉬면 녹슬어버린다.

헬렌 헤이스(미국의 배우)

파스칼은 "무위도식하는 사람의 두뇌에는 악마가 즐겨 집을 짓는다"는 끔찍한 말을 남겼습니다. 알고 보면 일에 열중했을 때만큼 사람에게 감미로운 시간도 없습니다. 고뇌는 대부분 일하지 않는 사람의 뇌 속에서 둥지를 튼다고 합니다.

제 5 장

행복한 부자가
되게 해주는 말

자신이 갖고 싶은 물건을 사서는 안된다.
자신에게 '필요한 물건'을 사야 한다.

커토(고대 로마의 정치가)

돈을 다스리지 못하면 돈이 당신을 다스릴 것이다.

금언

인간은 그 누구의 노예가 되어서도 안됩니다. 더구나 물질의 노예가 된다면 인간답게 산다고 할 수 없습니다. 돈을 유용하게 다스리고 사용하는 법을 배우십시오.

항상 받는 돈보다 더 일하면
언젠가는 일하는 것보다 더 많이 받게 될 것이다.

버나드 쇼(아일랜드의 작가)

　J. 존슨은 "노동은 마법의 지팡이다"라고 했습니다. 어느 나라
에서든 가장 위대한 것은 노동에 의해 이루어집니다. 노동이야말
로 부의 축적의 근원이라고 할 수 있습니다.

돈은 악이 아니며, 저주도 아니다.
돈은 사람을 축복하는 것이다.

탈무드

　우리나라는 불교와 유교에 기반을 둔 나라입니다. 불교나 유교사상에서는 '돈 보기를 돌같이' 하라고 가르쳤습니다. 그러나 전쟁을 겪으면서 우리 사회는 급속하게 자본주의화가 되었습니다. 자본주의는 그야말로 자본, 즉 돈이 중심이 되는 사회입니다. 이러한 두 가지 사상의 갈등 속에서 우리는 표면적으로는 돈 보기를 돌같이 해왔지만 2000년대로 들어서면서 드러내놓고 돈을 중요시하게 되었습니다. 그러나 돈 자체가 삶의 목적이 되어서는 안 됩니다. 돈은 도구 혹은 재료일 뿐입니다.

돈이란 바닷물과도 같다.
그것은 마시면 마실수록 목이 말라진다.

쇼펜하우어(독일의 철학자)

우리 시대는 어느 때보다 물질적 풍요를 누리면서도 늘 욕망의 결핍에 사로잡혀 있습니다. 잉여 쾌락(욕망을 덧없게 하는 또 다른 욕망)이 끝없이 돈에 대해 갈증을 일으키게 합니다. 2008년 금융 위기가 지구촌을 휩쓴 것은 현대인의 물질적 욕망이 낳은 씁쓸한 결과물이라고 할 수 있습니다.

악의 근원을 이루는 것은
돈 자체가 아니라 돈에 대한 애착이다.

스마일즈(스코틀랜드의 작가)

고수익의 환상을 쫓아 충동적으로 투기에 손을 댔다가 돌이
키기 어려운 낭패를 보는 이들이 있습니다. 이들은 "감언이설에
속았다"거나 "운이 나빴다"고 말하지만 따지고 보면 실패의 가장
근본적인 원인은 본인의 과욕에 있습니다. 지나친 물욕은 이성적
인 판단력을 약화시키고, 높은 위험 상황을 고려하지 않고 투자
를 감행하는 등 충동을 제어하기 힘들게 하기 때문입니다.

돈은 따라오는 것

일을 사랑해서가 아니라
돈 때문에 일하는 사람은 돈을 벌지도 못할 뿐만
아니라 즐거움도 얻지 못한다.

찰스 슈왑(증권사 찰스 슈왑의 설립자)

로마 황제인 티투스는 2년 동안 통치했지만 그의 명성은 지금까지도 이어집니다. 그가 국민들에게서 존경을 받게 된 계기는 폼페이 화산 폭발이었습니다. 대재앙이 일어났을 때 티투스 황제는 곧바로 현장으로 달려가 구조 활동을 주도했고, 피해를 당한 사람들에게는 보상금을 지급했습니다. 그는 부정부패를 용납하지 않았고, 가난한 사람들에게는 목욕탕을 무료로 사용할 수 있도록 했으며, 그 목욕탕에서 국민들을 만났습니다. 존경과 사랑은 돈으로 살 수 있는 것이 아닙니다.

당신의 가장 충성스런 친구 셋은
늙은 아내, 늙은 개, 그리고 현금이다.

벤저민 프랭클린(미국의 정치가, 저술가)

벤저민 프랭클린은 현실은 이상이 아니라는 걸 직설적으로 설파하고 있습니다. 현실은 영상 속의 로맨틱한 꿈이 이루어지는 공간이 아니라 생활 그 자체입니다. 현실에서 당신을 지탱해주는 것은 편안한 가족과 마음을 터놓고 지낼 수 있는 친구, 그리고 하루하루의 삶을 영위하게 하는 돈입니다. 현실을 똑바로 보지 않으면 안락한 미래는 보장되지 않습니다.

마음이 있는 곳

너희 보물이 있는 곳에
너희 마음이 있다.

성경

그 사람이 어떤 사람인지 알려면 그가 어떤 곳에 돈을 쓰는지 보라는 말이 있습니다. 그가 입으로는 아무리 아름다운 말을 하여도, 돈을 쓰는 곳이 다르면 지행일치된 사람이라 할 수 없습니다. 자신이 중히 여기는 곳에 물질을 쌓고 마음 역시 거기에 있을 수밖에 없습니다.

금전에는 빛깔이 없다는 말은 그른 말이다.
제 손으로 돈을 벌다 보면 낡아빠진 동전에서도
빛나는 광택이 난다.

마르셀 프루스트(프랑스의 소설가)

제 손으로 힘들게 번 돈은 쉽사리 쓰기 어렵습니다. 도박이나 복권으로 번 돈이 쉽게 탕진되는 것도 버는 수고를 하지 않고 쉽게 손에 쥐어졌기 때문입니다. 수고해서 번 돈만이 삶의 가치를 높이는 데 제대로 사용될 수 있습니다.

재물은 목적이 아니다

재물은 생활을 위한 방편일 뿐
그 자체가 목적이 될 수는 없다.

칸트(독일의 철학자)

　『명심보감』「안분」 편에는 "만족하면 비천해도 즐거울 것이며, 탐하기 시작하면 부유해도 근심에 빠진다."고 했습니다. 정신적 풍요로움을 가진 사람은 적게 가져도 행복할 수 있지만 물질적 풍요만을 생각하는 사람은 정신적 풍요를 누리기 어렵습니다. 정신적 풍요를 위한 가장 훌륭한 교사는 책입니다.

사람은 많은 일을 한다.
그러나 돈이 더 많은 일을 한다.

유고슬라비아 속담

　돈이 더 많은 일을 한다는 것은 자본주의 사회가 어떻게 돌아
가고 있는지를 잘 드러내줍니다. 자본주의 사회에서는 어느 정도
의 돈이 모이면 그 돈이 움직여 돈을 벌어주기 때문입니다.

돈의 이빨

남의 돈에는 날카로운 이빨이 숨겨져 있다.

러시아 속담

신용카드가 발급되면서 많은 직장인들이 무절제한 감성적 소비를 시작했고, 결국 개인파산에 이르는 파국을 초래하고 있습니다. 수많은 사람들이 신용카드가 발휘하는 마술의 힘에 농락당했다고 할 수 있지요. 카드는 부채가 쌓이기 시작하면 순식간에 걷잡을 수 없는 빚의 수렁으로 빠뜨립니다. 빚은 한 번 쌓이면 눈덩이처럼 불어나는 속성을 지니고 있습니다. 그리고 갚지 않으면 사라지지 않습니다.

영리한 두뇌와 근면한 손을 가진 사람 곁에는
도처에 금화가 널려 있다.

세실 로즈(남아프리카의 총리)

아침형 인간으로 유명한 고 정주영 현대 회장은 자신의 성공에 대해 이런 말을 남겼습니다. "내가 새벽에 일찍 일어나는 것은 그날 할 일이 즐거워서 기대와 흥분으로 마음이 설레기 때문이다. 아침에 일어날 때의 기분은 소학교 때 소풍 가는 날 아침과 똑같다. 또 밤에는 항상 숙면할 준비를 갖추고 잠자리에 든다. 날이 밝을 때 일을 즐겁고 힘차게 해치워야겠다는 생각 때문이다. 내가 행복감을 느끼면서 살 수 있는 것은 이 세상을 아름답고 밝게, 희망적이며 긍정적으로 보기 때문에 가능한 것이다."

한 회사의 주식에 전 재산을 투자해서는
안 되는 것처럼 당신의 전 미래를
한 사람의 고용주에게 맡겨서는 안 된다.

스테판 M. 폴란(미국의 라이프 코치)

당신의 미래를 한 사람에게 올인한다는 것은 너무 위험이 크다고 할 수 있습니다. 그렇다고 당신 인생의 미래를 재테크하듯 투자하지는 말아야 합니다. 당신이 아주 좋은 인재를 만나 그 사람에게 최선을 다하면 당신의 인생이 달라질 수 있습니다. 따라서 만일 진정으로 당신의 미래를 걸 만하다고 확신이 드는 사람이 나타난다면 올인해도 좋습니다. 물론 그 선택과 집중에 따른 모든 책임은 자신이 져야 합니다.

우리는 얻는 것으로 생계를 꾸리지만
우리가 주는 것이 우리의 삶이 된다.

아서 애시(미국 최초 흑인 테니스 챔피언)

　　우리는 우리가 얻는 물질이 내 삶의 근간을 이룬다고 믿기 쉽습니다. 하지만 사실은 그것을 어떻게 사용하는가에 내 삶의 내용과 질이 담겨 있습니다. 열심히 노동하여 번 돈을 어디에 어떻게 쓰고 있습니까?

옷이 날개

몸에 걸치는 것에 돈을 아끼지 마라.
그렇다고 지나치게 차려입어서는 안 된다.
대개 입은 것으로
그 인물의 됨됨이를 알 수 있으니까.

셰익스피어(영국의 극작가)

　보통 첫 인상은 5~6초 만에 결정된다고 합니다. 호감 가는 인상을 주는 데는 그 사람의 외모(옷, 얼굴, 헤어스타일)나 말투, 표정 등 무언의 메시지가 커다란 역할을 합니다. 어떤 색의 옷을 입으면 부담스런 느낌이 들고, 어떤 색의 옷을 입으면 밝은 느낌을 갖는다는 것을 스스로가 경험했을 것입니다. 입으면 행복한 느낌을 주는 색상이 바로 당신에게 어울리는 색상이라고 할 수 있습니다.

금전은 무자비한 주인이기도 하지만
유익한 종이 되기도 한다.

유대 격언

　많은 사람들은 유대인이라고 하면 굉장히 돈에 집착하는 민
족이라고 생각하고 있습니다. 그러나 이들의 금전 철학을 이해한
다면 그들의 행동에 공감할 것입니다. 유대인들은 생계에 투자하
고 남는 시간은 지혜(토라)를 공부하는 데 사용합니다. 유대 랍비
들에게 있어 돈은 탐욕의 수단이나 억압의 도구로 존재하는 것이
아니라 사회 정의를 위한 열망과 더 나은 세계를 위한 희망을 위
한 도구입니다. 또한 그들은 돈을 생존 가능성을 다양화하고 영
적인 공부와 학습을 위한 시간을 확보하게 하는 수단으로 보고
있습니다.

돈으로 살 수 없는 것들

돈은 음식을 가져다주지만 식욕을 가져다주지 못하고, 약을 가져다주지만 건강을 가져다주지 못하며, 사람을 사귀게는 하지만 친구 관계로는 발전되지 못하게 하고, 하인이 생기게 하지만 충복으로 만들지 못하며, 향락의 나날을 가져다주지만 평화로운 행복을 가져다주지는 못한다.

헨리 입센(노르웨이의 극작가)

그렇습니다. 돈으로 집은 살 수 있지만 가정은 살 수 없으며, 침대는 살 수 있지만 잠은 잘 수 없으며, 시계는 살 수 있지만 시간은 살 수 없으며, 책은 살 수 있지만 지식은 살 수 없으며, 지위를 살 수는 있지만 존경은 살 수 없으며, 약을 살 수 있지만 건강은 살 수 없으며, 피는 살 수 있지만 생명은 살 수가 없습니다. 돈은 많은 것들의 껍데기이지 알맹이는 될 수 없습니다.

작은 것을 탐하다 큰것을 잃는다.

금언

리처드 바크는 『갈매기의 꿈』을 통해 "가장 높이 나는 새가 가장 멀리 본다"라고 했습니다. 눈앞에 보이는 것에만 매달리다 보면 오히려 큰것을 놓칠 수 있습니다. 당장은 실익이 적더라도 멀리, 장기적인 수확을 내다보는 통찰이 필요합니다.

탐욕은 채울 수 없다

인간의 탐욕을 채우는 재화는 없다.

금언

　『채근담』에는 인간의 탐욕에 대해 이런 글이 있습니다. "탐욕이 많은 사람은 금을 나눠줘도 옥을 얻지 못함을 한탄하고, 공에 봉하여도 제후가 되지 못한 것을 불평한다." 욕심은 끝이 없습니다. 욕심을 채우려 하지 말고 마음을 풍성하게 가꾸십시오.

부는 사용하기 위한 도구이지
숭배하기 위한 것은 아니다.

쿨리지(미국의 30대 대통령)

칼릴 지브란은 돈에 대해 다음과 같은 글을 남겼습니다. "돈은 현악기와 같다. 그것을 적절히 사용할 줄 모르는 사람은 불협화음을 듣게 된다. 돈은 사랑과 같다. 이것을 제대로 베풀려고 하지 않는 이들을 천천히, 그리고 고통스럽게 죽인다. 반면에 타인에게 그것을 베푸는 이들에게는 생명을 준다."

돈이 공략하지 못하는 요새는 없다.

금언

돈은 모든 사람을 그 앞에 엎드리게 하는 유일한 권력입니다. 그러나 작가 최인호는 그의 작품 『상도』에서 "장사는 이윤을 남기는 게 아니라 사람을 남기는 거다."라고 했습니다. 유대인들 역시 부를 이루기 위해서는 신뢰를 목숨보다 중시해야 한다고 했습니다. 그러니 돈을 공략하기 전에 신뢰를 먼저 쌓으십시오.

빈곤이 문간에서 집 안으로 스며들어오면
거짓 우정은 곧 창문으로 달아나버린다.

빌헬름 뮐러(독일의 시인, 소설가)

　빈곤은 물질적인 결핍만을 초래하는 게 아니라 정신까지 황폐화시킵니다. 또한 진정한 벗을 판가름해주기도 합니다. 아일랜드 속담에는 돈과 우정의 문제에 대한 날카로운 지적이 있습니다. "돈 때문에 잃은 벗이 돈 때문에 만들어진 벗보다 많다."

가난이 무서운 이유

빈곤한 사람이 불편한 점은
끊임없이 참아야 한다는 것이다.

칸트(독일의 철학자)

도스토예프스키는 『죄와 벌』을 통해 가난한 사람이 살아가면서 느껴야 할 통렬한 고통을 이렇게 쓰고 있습니다. "사람들은 가난은 죄가 아니라고 하지만 아주 극도로 가난한 것은 끔찍한 죄악이오. 어느 정도의 가난이라면 태어날 때부터의 고결한 감정을 그대로 유지할 수가 있지만, 찢어지게 가난하면 절대로 불가능하오. 절대빈곤이 되면 인간 사회에서 몽둥이로 두들겨 맞고 쫓겨나는 정도가 아니라 비로 쓸어냄을 당한단 말이오. 사람이 가난의 밑바닥을 헤매게 되면 자기 스스로를 모욕하게 되는 법이오!" 이것이 바로 가난이 인간의 자존감을 무너뜨리는 이유입니다.

부자는 결코 천당에 들어가지 못하겠지만
가난한 사람은 이미 지옥을 체험하고 있다.

체이스(미국의 화가)

　여러 가지 면에서 가난한 사람은 이미 지옥을 체험하고 있다
고 봐야 합니다. 이는 통계적으로 나타난 것으로, 부자들이 서민
들보다 훨씬 평균 수명이 길다고 합니다. 미국의 경제전문지《포
브스》는 '부자들! 왜 오래 사나'라는 특집 기사에서 돈과 권력이
장수의 지름길이라고 소개하고 있습니다. 이는 우리나라에서도
그대로 적용이 되며, 재정자립도와 암 사망률은 반비례했다고 발
표했습니다. 그들은 보다 나은 주거환경과 의료혜택을 받기 때문
입니다. 게다가 대부분의 부자들은 가난한 사람에 비해 스트레스
를 덜 받기 때문에 흡연, 음주, 과식, 운동부족 등 해로운 습관을
쉽게 떨쳐버리게 된다고 합니다.

가난하다는 말은
너무 적게 가진 사람을 두고 하는 말이 아니라
더 많은 걸 바라는 사람에게 하는 말이다.

금언

　탐욕은 때때로 의도와는 정반대의 결과를 낳을 수도 있습니다. 믿을 수도 없으며, 접근할 수도 없는 희망 때문에 전 재산을 던져버리는 사람이 있는가 하면, 눈앞에 보이는 작은 이익을 쫓느라 장래에 찾아올 커다란 이익을 놓쳐버리는 사람도 있습니다. 늘 성장하고 발전하는 삶을 살아야겠지만 많은 것을 바라기보다 지금 가진 것을 알차게 키워 가는 것이 행복한 성장을 하는 길입니다.

그대들이 씨를 뿌리지만
그 알곡은 다른 사람이 거두어들인다.
그대들이 부를 발견하지만
그것을 모으는 사람은 다른 사람이다.

셸리(영국의 시인)

"뿌린 대로 거둔다."고 하지만 꼭 그렇지 않을 수도 있습니다. 씨를 뿌리는 사람, 물을 주고 가꾸는 사람, 열매를 수확하는 사람이 다른 경우가 많이 있습니다. 이는 역할의 문제이기도 하고 시기의 문제이기도 하고, 자본의 문제이기도 합니다.

가난은 결코 불명예스러운 것이 아니다.
문제는 가난의 원인이다. 나태, 고집, 어리석음,
이 세 가지 중 하나가 가난의 원인이라면
그 가난은 진실로 수치로 여겨야 할 것이다.

플루타르크 영웅전

　가난하게 살지 않겠다고 결심하십시오. 얼마를 가졌든 절약
하도록 하십시오. 가난은 우리 인간의 가장 큰 적입니다. 그것은
확실히 자유를 파괴하고, 약간의 덕행도 실천할 수 없게 하며, 우
리의 삶을 매우 고단하게 만듭니다.

모자는 빨리 벗고 지갑은 천천히 열어라.

덴마크 격언

　돈을 버는 것은 '의지'의 문제이지만, 돈을 쓰는 것은 '본능'의 문제입니다. 늘 의지보다 우선해서 나타나는 이 본능을 잘 다스리고 효과적으로 활용해야 돈이 모이고 부자가 될 수 있습니다. 마음에 드는 상품을 가지고 싶다고 무조건 지갑을 열어서는 안 됩니다. 작은 지출을 삼가야 합니다. 작은 구멍이 거대한 배를 침몰시킬 수 있기 때문입니다.

검약은 미덕이지만 지나치면 인색하게 보이고,
겸양은 선행이지만 지나치면 비굴하게 보일 수 있다.

채근담

케인스의 '절약의 역설'이라는 이론이 있습니다. 개인의 입장에
서는 절약해서 저축을 늘리는 것이 합리적이지만 사회 전체적으
로 볼 때는 오히려 소득 감소를 초래할 수 있다고 합니다. 절약도
지나치면 나라의 경제를 위협할 수 있습니다. 적당한 소비가 일어
나야 사회의 전반적인 경기가 활성화되고 소득이 늘어나기 때문
입니다. 인색하다는 소릴 들을 만큼 절약하기보다는 지혜로운 소
비를 하는 것이 개인이나 사회에 도움이 됩니다.

돈 때문에 고통을 겪는 사람들의 공통점은
항상 자신만 생각한다는 것이다.

금언

세계 최고의 부를 이룬 주식 투자의 귀재 워렌 버핏은 50년째 같은 집에서 살고 있으며, 직접 차를 운전하는 등 검소한 생활을 한다고 합니다. 그리고 자신이 모은 대부분의 돈을 사회로 환원해, 세계인의 삶의 질을 향상시키는 데 기여하고 있습니다. 버핏이라는 인물이 세계인의 존경을 받는 것은 단지 부자이기 때문이 아닙니다. 부자는 부러움의 대상이 될 순 있어도 존경을 받기는 오히려 더 어렵습니다.

현명한 소비

자신이 갖고 싶은 물건을 사서는 안된다.
자신에게 '필요한 물건'을 사야 한다.

카토(고대 로마의 정치가)

　돈은 모으는 것만큼 소비하는 것이 중요합니다. 카드나 인터넷 쇼핑 등으로 달콤한 소비는 자신도 모르는 사이에 커지고 있습니다. 카드를 꺼내기 전에, 마우스로 클릭 버튼을 누르기 전에 다시 한 번 생각해보십시오. '내게 꼭 필요한 물건인가?'

희망이 없으면 절약도 없다.
절약하는 마음밭에 희망이 찾아온다.
절약과 희망은 연인 사이니까.

윈스턴 처칠(영국의 정치가)

헨리 포드는 말했습니다. "지위 향상을 위해 재산을 아끼지 마라. 젊은이가 해야 할 일은 돈을 모으는 것이 아니라 그것을 사용하여 장차 쓸모 있는 사람이 되기 위한 지식을 얻는 일이다. 은행에 넣어둔 돈은 당신에게 아무것도 주지 못한다. 자신의 발전을 위해 돈을 써라. 유용한 일에 쓰고도 돈이 남는다는 것은 노인들이나 할 소리다."

오 나의 영혼아!
불멸의 삶을 애써 바라보지 말고
가능한 영역을 남김없이 살려고 노력하라

핀다로스(고대 그리스의 시인)